U0593515

建寧縣委宣傳部、建寧縣社科聯
福建省社科基地地方文獻整理研究中心
福建工程學院科研啓動資金
資助項目

建寧耆舊詩鈔

〔清〕張際亮 輯　〔清〕李雲誥 續編　趙雅麗 點校

廈門大學出版社

图书在版编目（CIP）数据

建宁耆旧诗钞 /（清）张际亮辑 ；（清）李云诰续编；
赵雅丽点校. -- 厦门：厦门大学出版社，2023.8
　　ISBN 978-7-5615-9098-0

　　Ⅰ.①建… Ⅱ.①张…②李…③赵… Ⅲ.①古典诗
歌-诗集-中国-清代 Ⅳ.①I222.749

中国版本图书馆CIP数据核字(2023)第156258号

出 版 人	郑文礼
责任编辑	韩轲轲
美术编辑	李夏凌
技术编辑	朱　楷

出版发行	厦门大学出版社
社　　址	厦门市软件园二期望海路 39 号
邮政编码	361008
总　　机	0592-2181111　0592-2181406(传真)
营销中心	0592-2184458　0592-2181365
网　　址	http://www.xmupress.com
邮　　箱	xmup@xmupress.com
印　　刷	厦门市竞成印刷有限公司

开本	889 mm×1 194 mm　1/32
印张	9.25
插页	1
字数	229 千字
版次	2023 年 8 月第 1 版
印次	2023 年 8 月第 1 次印刷
定价	78.00 元

本书如有印装质量问题请直接寄承印厂调换

厦门大学出版社
微信二维码

厦门大学出版社
微博二维码

出版説明

　　2022 年 4 月 25 日習近平總書記在中國人民大學考察時説：“要運用現代科技手段加強古籍典藏的保護修復和綜合利用，深入挖掘古籍藴含的哲學思想、人文精神、價值理念、道德規範，推動中華優秀傳統文化創造性轉化、創新性發展。”作爲承載傳統優秀文化的一種典籍，地域詩歌總集多角度、全方位地展示地域文化與地域文學面貌，對深入挖掘和研究古代文學、區域文學等具有較高的價值，爲修纂新方志、挖掘地域文化提供重要參考。

　　福建人文薈萃，人才輩出，素有“海濱鄒魯”“文獻名邦”之稱。隨著福建第一位詩人鄭露（初唐）、第一位走向全國的詩人歐陽詹（中唐）的出現，福建詩歌逐漸發展起來。與此相隨，福建本土詩歌總集逐漸出現。福建地域性詩歌總集的編纂肇始於晚唐五代黄滔的《泉山秀句集》，惜已佚失。明以降，閩地詩歌總集的編纂成果豐碩。福建師範大學圖書館古籍組編纂的《福建地方文獻及閩人著述綜録》（1986 年）著録福建地域詩歌總集 132 種，張際亮原輯、李雲誥續編的《建寧耆舊詩鈔》列於其中。建寧地處閩西北，與江西省接壤，南唐中興元年（958），置建寧縣。這裏歷史悠久，文化氣息濃厚，涌現了衆多的詩人，如朱仕玠、朱仕琇、張際亮等。地域詩歌總集《建寧耆舊詩鈔》具有強烈的文獻徵存意識，它廣徵建寧一邑之詩歌，基本反映了明嘉靖至清道咸

(1540—1860)300 餘年間建寧詩歌發展的概況,爲建寧詩歌研究提供了豐富的文獻資料。《建寧耆舊詩鈔》又通於方志,爲方志提供了寶貴的材料。衆多名不見經傳的建寧詩人及其詩作賴以保存並流傳下來,展示了建寧自明嘉靖以來詩歌發展的基本脉絡,對地域文學的傳承和研究的意義不可小覷。

這樣一部在建寧文學史乃至福建文學史上都具有重要意義的著作,僅見於福建省圖書館(著録爲十卷,首一卷,缺四卷,存前六卷)和福建師範大學圖書館(十四卷)。2016 年,國家圖書館出版社出版的《歷代地方詩文總集彙編》收録了清至民國時期的 13 種福建省地方詩文總集,其中亦未見《建寧耆舊詩鈔》。爲此,筆者在研究張際亮的過程中,對此書進行了整理和點校。

以下介紹《建寧耆舊詩鈔》的編者與版本,編纂緣起,成書過程,編纂原則以及《建寧耆舊詩鈔》的價值。

一、《建寧耆舊詩鈔》的編者及版本

(一)《建寧耆舊詩鈔》的編者

《建寧耆舊詩鈔》的編者爲清代建寧詩人張際亮及其弟子李雲誥。

張際亮(1799—1843),字亨甫,榜名亨輔,號松寥山人、華胥大夫,又號南陽,福建建寧人,鴉片戰爭時期著名的愛國詩人。關於其生平,可參見《清史列傳·張際亮傳》、《清史稿·張際亮傳》、《建寧縣志·文苑傳》、《邵武府志·文苑傳》、《綏安張氏族譜》、姚瑩《張亨甫傳》等。張際亮一生中的大部分時間輾轉於閩、浙、吳、皖、贛等地,"足迹平生半九州""道途遍歷知民隱",目睹社會黑暗，其個性當中具有鮮明的儒家入世思想的印痕。他一生交游甚廣，與林則徐、高澍然、潘德輿、姚瑩、徐寶善、黄爵滋、湯鵬等交厚，並有詩歌酬唱。張際亮的詩作爲潘世恩、陳壽祺、林則徐、林昌彝、邱煒蔓等所稱，如鼇峰書院山長陳壽祺對張際亮的詩歌評價很高，認爲“吾閩近日著作之盛，無過邵武朱梅崖之文、張亨甫之詩，皆足以雄視海内”。張際亮一生著述豐富，著有《張亨甫全集》《思伯子堂詩集》《交舊録》《金臺殘淚記》《南浦秋波録》等，和其弟子李雲誥編纂了地域詩歌總集《建寧耆舊詩鈔》。

李雲誥，字鳳儀，福建建寧北鄉藍田三溪人，恩貢生，其生平詳見《邵武府志》卷之二一《人物·文苑》、《民國建寧縣志》卷十六《文苑》等。李雲誥好學，抱負不凡，嘗肄業福州鼇峰書院，爲張際亮門下高足。李雲誥生平嗜吟咏，所作之詩蕭疏淡遠，著有《太華山人剩稿》《太華山人續稿》等。於詩之外，李雲誥亦精於易，通河洛數。

張際亮原輯、李雲誥續纂的《建寧耆舊詩鈔》是一部地域性的詩集彙編。張際亮自十九歲開始至其病重的二十幾年間留心並輯録鄉賢文獻，大業未成而病，便將繼續搜輯、整理鄉賢詩歌的重任託付給其弟子李雲誥。受其師張際亮囑託，本著上不負先賢、下澤惠後人的理念，李雲誥在張際亮所做工作的基礎上，從道光癸卯(1843)冬開始續訂《建寧耆舊詩鈔》，廣加徵擇，歷時十九載而成，於同治癸亥(1863)與友人董潤重新加以删訂而措資付梓。該書廣徵博采建寧一邑之詩人及其詩作，使嘉靖至道咸之時的詩人及其詩作得以留存下來，吉光片羽得以久遠流傳。《建寧耆舊詩鈔》所收集的範圍雖然只囿於建寧之一邑，但僅就資料的廣泛搜集、整理而言，則保留了較多的文獻資料，反映了

明嘉靖至清道咸年間建寧詩歌發展的概況,雖然不能反映建寧一邑之詩歌發展的全貌,却爲研究建寧詩歌提供了可靠的文獻資料,在一定程度上反映了建寧地域的詩歌特色、内容等。

(二)《建寧耆舊詩鈔》的版本

關於《建寧耆舊詩鈔》,清代文獻著録甚少。據筆者所查,僅見光緒二十六年《邵武府志》著録李雲誥續訂《建寧耆舊詩鈔》十四卷,而《清史稿》卷四百八十六之《張際亮傳》、《清史列傳》卷七十三之《張際亮傳》、姚瑩《張亨甫傳》、李雲誥《張亨甫先生年譜》等均未提及。近代以來,對《建寧耆舊詩鈔》的著録相對較多,如民國八年《民國建寧縣志》、《福建省舊方志綜録》、《清史稿藝文志及補編附索引(下册)》等皆著録《建寧耆舊詩鈔》十四卷;徐成志、王思豪《桐城派文集叙録》著録《建寧耆舊詩鈔删纂》二十四卷;陳玉堂《中國近現代人物名號大辭典》、丘幼宣《一代畫聖黄慎研究》等簡單著録張際亮輯有《建寧耆舊詩鈔》等。上述著録較爲簡略,未言此書的收藏、傳世情況。

關於該書的版本,據筆者所見,目前有兩個藏本:一是《福建省舊方志綜録》《福建地方文獻及閩人著述綜録》《清史稿藝文志及補編附索引(下册)》等著録的清同治癸亥(1863)刊十四卷本,現藏於福建師範大學圖書館;二是清同治癸亥(1863)刊的十卷本,現存前六卷和首一卷,藏於福建省圖書館。二者有些許不同,現將藏本的情況介紹如下。

1.福建師範大學圖書館藏本

福建師範大學圖書館藏本,一函四册,目録著録爲十四卷。依次有道光乙未(1835)張際亮序和同治癸亥(1863)楊瀚序、李雲誥《凡例》六條,以上兩篇序和《凡例》爲首卷一;《建寧耆舊詩鈔卷首》標明十四卷的校刊者和每卷所收文體及所收詩作數;《建寧耆舊著作總目》,是對本書所收人物的名字及詩集的著録;正文每卷前又有本卷目録,詳細列明該卷所收作者及所收作品數。

關於該版本的卷數、具體作品數以及所收作者數等問題,李雲誥《凡例》第一條有言:"(雲誥)益以明嘉靖以來迄今時人之詩,計百六十餘名,詩三千四百二十首,編二十四卷。因謀梓艱貲,復删之,僅九百餘首。其亨甫先生自著詩集亦略爲采入,附是鈔後,總成十六卷。"知該書原編爲 24 卷,因刊資問題,删減爲900 餘首,加上張際亮之自著詩作,凡爲 16 卷。根據《建寧耆舊詩鈔卷首》和《建寧耆舊著作總目》統計,該書收録 167 位詩人的766 首詩作。不過,筆者在閲讀過程中發現正文與此有出入,即《建寧耆舊詩鈔》在《建寧耆舊著作總目》的基礎上,增加了陳邦韶、寧人望、姜紳、鄢九鎮、鄢楓和黄士遇等 6 人,實際收録了173 位作家,詩作相比總目少了 4 首,即爲 762 首。

2.福建省圖書館藏本

福建省圖書館藏本,一函兩册,目録著爲十卷,目前爲首一卷和前六卷正文的殘本。該本首一卷亦有兩篇序,即彭蘊章道光己酉(1849)秋序和同治癸亥(1863)楊瀚序,而無張際亮的序。李雲誥《凡例》六條加上彭蘊章和楊瀚的序總稱首一卷,和福建師範大學圖書館藏本一樣也有《建寧耆舊詩鈔卷首》、《建寧耆舊著作總目》以及正文。正文中除卷四外,每卷前又有本卷目録,詳細列明該卷所收作者及所收作品數。

根據《建寧耆舊詩鈔卷首》和《建寧耆舊著作總目》,該本原收録 167 人詩作,和福建師範大學圖書館藏本一樣,都没有收録張際亮的作品。從是書《建寧耆舊著作總目》來看,应不是佚頁問題。

結合該本正文的實際情況統計,該殘本共著録90位詩人的345首詩作,和福建師範大學圖書館藏本前六卷情況相同。從版式、内容等方面來看,這兩個本子応是同一個版本,只不過各有殘缺,即福建師範大學圖書館藏本缺了彭藴章之序,福建省圖書館藏本缺了張際亮的自序和卷六之後的内容。

二、《建寧耆舊詩鈔》的編纂緣起

《建寧耆舊詩鈔》的編纂,受多種因素的影響:一是各地熱衷於編纂地域性詩歌總集的影響;二是張際亮和李雲誥懷先芬、恤同類、存文獻思想的影響。他們希望通過搜羅邑人詩作的方式,將其保存下來。這表現了他們保存文獻的積極態度。

(一)編纂地域性詩歌總集熱潮的影響

所謂總集,指的是若干作家作品的集成彙編。浙江大學朱則傑教授《關於清詩總集的分類》一文,在傳統目録學的基礎上結合詩歌的實際情況,將清詩總集分爲"全國類""地方類""宗族類""唱和類"等十類。其中的"地方類"指的是"與全國類相比,一般明確限收單個省份以下地區之作家,傳統目録學通常稱之爲'郡邑'之屬"。本文所説的"地域性詩歌總集"指的即是該類。所謂"地域性"指的是省、郡、縣或某一郡縣中的某一家族的所在地,所對應的就是全省性的文學總集、某一郡或縣的文學總集以及某一郡、縣中的某一家族的文學總集。

地域性詩歌總集編纂的歷史悠久,可以追溯到唐代開元年間殷璠編纂的《丹陽集》,這是唐代唯一一部以地域爲標準來選詩的總集。唐代以降,地域性詩歌總集的編纂日益發展繁榮起來。明清以來，隨著文學的不斷發展演進，文學自身呈現出多元的格局和流派紛呈的地域特徵。明代胡應麟在《詩藪》續編卷一中就提出了明初詩壇五派之説："國初吳詩派昉高季迪，越詩派昉劉伯温，閩詩派昉林子羽，嶺南詩派昉於孫蕡仲衍，江右詩派昉於劉崧子高。五家才力，咸足雄據一方，先驅當代。"吳派、越派、閩派、嶺南派和江右派等五派的説法，可以視爲以地域性爲主要特徵的文學時代的到來。近代目録學家、藏書家、詩評家汪辟疆先生在《近代詩派與地域》一文中也從地域的角度對康熙朝後的詩壇進行劃分，認爲大約可以分爲六派，即湖湘派、閩贛派、河北派、江左派、嶺南派和西蜀派等。這些詩派的出現，標志著明清時期進入了地域文學總集編纂的繁盛期。文學總集的編纂也取得了豐碩成果，如李衍孫輯《國朝武定詩鈔》，孔憲彝輯《曲阜詩鈔》，盧見曾輯《國朝山左詩鈔》，梁章鉅輯《三管英靈集》，楊淮輯《國朝中州詩鈔》，曾燠輯《江西詩徵》等。誠如蔣寅教授在《清代詩學與地域文學傳統的建構》一文中所説："文學史發展到明清時代，一個最大的特徵就是地域性特别顯豁起來，對地域文學傳統的意識也清晰地凸顯出來。""以地域文學爲對象的文學選本，也許是明清總集類數量最豐富、最引人注目的種群。而其中最主要的部分，是數量龐大的郡邑詩選和詩話，顯示出強烈的以地域爲視角和單位來搜集、遴選、編集、批評詩歌的自覺意識。"

　　福建詩歌的産生和發展始於唐代。隨著福建第一位詩人鄭露（初唐）、第一位從福建走向全國的詩人——歐陽詹（中唐）的出現，福建詩歌逐漸發展起來，到明清時期已有一千多年的積澱。緊隨全國的詩歌發展趨勢，明清時期福建的詩歌成就斐然，地域性總集的編纂也取得了舉世矚目的成就。據陳慶元先生的

《福建文學發展史》，福建地域性詩歌總集的編纂肇始於晚唐五代黃滔的《泉山秀句集》，可惜是書已經佚失。明代以降，閩地詩歌總集的編纂取得了豐碩的成果，明代的如曹學佺輯《福建集》，林謹夫輯《閩中詩選》，袁表、馬熒輯《閩中十才子傳》，鄧原嶽輯《閩中正聲》，徐𤊻輯《晋安風雅》，鄭嶽輯《莆陽文獻》，何炯輯《清源文獻》等；清代的如陰燮理輯《寧陽詩鈔》，林從直輯《國朝閩詩選》，黃日紀輯、曹朝英校《全閩詩僎》，鄭王臣輯《莆風清籟集》，林洪憲輯《閩詩選》，梁章鉅輯《東南嶠外詩文鈔》，鄭傑輯《國朝全閩詩録》，江遠涵輯《建陽詩鈔》，朱秉鑒輯《柘浦詩鈔》等。以上是明清時期部分閩人輯録的地域性詩歌總集，但從中亦可窺見閩地地方文集編纂的成就。

（二）懷先芬、恤同類、存文獻之思想的影響

《詩經·小雅·小弁》中的"維桑與梓，必恭敬止"詩句常被地域性詩歌總集的序跋援引，如清代王崇簡輯《畿輔明詩》，田同之輯《安德明詩選遺》，張學仁、王豫同輯《京江耆舊集》等。恭敬桑梓，緬懷先輩，編纂者將濃濃的桑梓之情融於鄉賢文獻的整理和保護的行動中，奮力輯録鄉賢詩文，試圖存文、存人，延續文脉。

就建寧而言，在張際亮之前，已有康熙乙未（1715）朱霞輯《綏安二布衣詩》，乾隆間李俊輯《隴西二家詩鈔》，乾隆丙子（1756）朱仕玠輯《濉溪四家詩鈔》等鄉邦文獻。這些詩集的編纂刊刻已有明確的保存詩人詩作的目的，例如建寧著名的詩人朱仕玠在《〈濉溪四家詩鈔〉序》中就指出了"四家詩"能不囿於風土，自出新意，廓清了閩派"模擬失真"之弊，並認爲"予生四先生後，有傳述之責。每讀其詩，深懼其淹没而無傳也，因與從兄岵

8

庵,李君橢園,共爲參訂,得五七言古體若干首,壽諸梨棗,使往
來瀧溪者,知荒汀孤嶼之間,未始爲無人也"。這裏就明確地指
出了朱仕玠、朱仕琪和李俊共同參訂《瀧溪四家詩鈔》的目的就
是避免何梅、李榮英、朱肇璜和朱霞四家詩淹没無傳,使往來建
寧者"知荒汀孤嶼之間,未始爲無人也"。張際亮作爲一位詩人,
可能看過這些詩集,並受其影響而有意識地搜羅鄉邦文獻。這
可以從楊瀚《〈建寧耆舊鈔記〉序》"康熙朝邑先輩輯《綏安存雅》
三卷,又《閨集》一卷。亨甫輯而損益之,未成書而以之托鳳儀"
得知。

南宋時期,建寧人口大增,科舉日盛。據相關統計,自宋至
清,建寧計有86名進士,其中南宋45名,元明清41名,然聞名
於史者寥寥。乾隆年間,朱仕琇開始以文章名天下。就詩歌創
作而言,建寧出現了較有名氣的謝兆申、朱仕玠、徐時作、李俊
等,他們的詩作皆有流傳。但與此同時,大多數建寧籍詩人的詩
佚失不見。爲使他們的詩作能够保存,張際亮開始著手搜集鄉
賢詩作。據張際亮《交舊録》之《潘挹奎傳》:"余年十九,嘗纂吾
邑國朝士大夫之賢者,爲《建寧耆舊鈔記》,其書至今未脱稿。"可
知,張際亮十九歲之時就已經開始留意邑之文獻,並一直在有意
搜集鄉賢的詩作,以免其佚失不傳。張際亮在《〈建寧耆舊鈔記〉
序》中表達了搜羅邑之文獻的緣由:

> 吾邑閩越辟隅,山川特異,神氣所降,才俊軰生。雖郡
> 異會稽,少王、謝聲華之族;而士同襄漢,多龐、馬嘉遯之風。
> 然而孝威土室,易委荒煙;孫楚酒樓,空餘明月。憶自有宋,
> 迄於有明,道德之選如叔度,既風旨罕傳;辭章之儒如紹述,
> 亦著書多佚。非由邑無好事考論文獻與? 茲編事始百年,

例如野史采摭聞見，蘄嚮詳慎。至於流寓之賢，方伎之巧，所不遺焉。

嗟乎！生登峴首，誰無太傅之思？往眺歐餘，自切右軍之慨。顧一朝溘逝，姓字俱湮；千古難知，文章亦朽。則在彼故鬼痛深若教之餒，維茲後生益增涼州之嘆而已。且魔鏡之具一携，掛劍之途屢愴。黃壚落日，邈若河山；白馬素綏，魂來夢寐。敘訴親知之舊，怳惚游處之歡，抑賴有此。

或者謂：庚家墓上，少年吹長笛而不悲；安石門前，幾人咏華屋而知感？則茲編也，將終負耆舊之憾於無窮矣。

由上面張際亮的自序可知，由於鄉賢著書多佚，故張際亮有意輯錄之。張際亮在《書〈李櫟園先生詩集〉》中就表達了對先賢書籍散佚的惋惜之情："古今文章之傳，固有命而非人所能主者耶？夫一邑之書，其所聞見者且如此，則夫天下奇材異能之士，況淪草澤，不得已，至以著書自見而又湮沒零落、卒無傳者，豈少也哉，豈少也哉！"而在《潘挹奎傳》中，張際亮也表達了同樣的情感："君嘗留心其鄉文獻……君《武威耆舊傳》言：'李固高才，爲人冤死，其著書數百卷，皆爲其友畏禍毀沒。今僅存詩不足二百篇，而亦若減若沒如此，可慨也夫'……往時意書成當乞君序之，以其用意同也。"此"用意同也"是何意？從上述記載，我們可以清楚地看到潘挹奎是因鄉邦文獻被毀而感慨。由此，我們亦可以推見張際亮的心理。

建寧雖爲一邑，然詩風多樣，成就較高，這也是張際亮搜羅文獻的一個原因。楊瀚在序言中就說：

《建寧耆舊詩鈔》錄一邑之詩，使之傳於無窮也。上古六合同風,孔子刪十五國之風,而風不同,然同國猶同風也。
若夫建寧之詩不然,就本朝論,國初葩藻紛披,仍踵明習。
至何雪芳而變爲秀雅,至李千人而變爲幽澹,至李舜廷而變
爲奥淳,至黄奉左而變爲跳脱,至張怡亭而變爲俊逸,至張
亨甫而變爲激壯,其他單篇隻語,亦皆鳴其自得,如八音並
奏而洪纖殊聲,五色並宣而丹青珠彩。其不因循者能樹立
也,其不依傍者能創辟也。此耆舊各具性情,各抒性靈,各
寫見識、境遇,而詩所以可傳也。康熙朝邑先輩輯《綏安存
雅》三卷,又《閏集》一卷。亨甫輯而損益之,未成書而以之
托鳳儀。

《建寧耆舊詩鈔》僅以一邑爲圍,專門收集建寧的詩人詩作,
既是張際亮有意輯録鄉賢詩作以期留存的産物,也是張際亮以
文章傳於世之理念的表現。就其自身而言,張際亮也是一位詩
人,且其一直堅持以文章留名的思想。道光壬午(1822),張際亮
在給蔣蘅的書信中就説:

　　或功業在天下,而汲汲於著述,非以求一時文章之名己
也,固將使後之讀其書者可以推見其志,以爲其平日所學本
末有如此,故能處則有守,出則有爲,没亦有以自信於天下
萬世而已。

由此可見,張際亮認爲文章可以使後人瞭解其人,亦可以自
信於天下萬世,最終追求生命的不朽。這也可以從張際亮道光
乙未(1835)所作《〈建寧耆舊詩鈔〉序》窺見一斑,原文如下:

　　昔曹子桓有言：年壽有時盡，榮樂止夫其身，二者必至之常期，未若文章之無窮。是以罩思著述，欲自託以垂諸後世，非獨賤貧之士然也。然歐陽文忠序《唐書·藝文》，嘗慨惜其凋零磨滅不可勝數，謂有其名而無其書者，十蓋五六也。夫畢生著書，幸而流傳，且藏于故府，此幾可以無憾矣，而其間猶有久而書亡者。然則士將何所託而可哉！

　　吾鄉自宋置邑，阻嶺嶔海，風氣異於中州，士之以富貴功名顯者蓋寡。然山川瑰偉幽異，其氣必有所鐘，是故文學之彥，先後相望。其憔悴專一，託以詞章，冀以自見，雖賤貧老死而不悔，蓋有名州大縣所不能如者，其風尚固亦近古矣。顧或百數十年間，遺稿侵蝕於蠹鼠者殆盡，雖邑人有不能舉其一字者，況望冊府之收藏，異代之傳誦哉？

　　余童子時，竊悲之，嘗輯《國朝鄉先生生平大略》，爲耆舊之記，其稿具而未暇刪核，恐終負此志於無窮也，是以先即其遺詩彙采而梓之，貽邑後學，且視四方友朋，冀共傳之久遠，以少解歐陽文忠之所慨。惜其所采，斷自國朝，以先朝諸先生遺集大半不可得見矣。邑有留心文獻之士，他日將能繼是編而廣爲搜輯，是豈惟余所深望也乎。

　　可見，序言當中敘述了《建寧耆舊詩鈔》編纂的目的就是“遺詩彙采而梓之，貽邑後學，且視四方友朋，冀共傳之久遠”，就是使有詩名或聲名不出於里巷者，其未刊或已刊之詩能够貽邑後學，即有意識地保存建寧鄉賢的詩作，以防凋零磨滅。由此可見張際亮之用心良苦。張際亮亦爲本邑詩人之詩集作序、跋，如《書〈李櫪園先生詩集〉》《鄢墨林遺詩序》《〈古山全集〉跋（代）》《〈李古山先生蛙鳴集〉序》《張怡亭詩序》等。然道光癸卯（1843）

冬,張際亮病重,將其已搜集的五十餘人的若干首詩作,交給其弟子李雲誥,並囑咐李雲誥繼續收集並編訂鄉賢詩。據《邵武府志》記載,李雲誥曾肄業于福州鼇峰書院。張際亮的好友高澍然、劉家謀等十分欣賞李雲誥。李雲誥本著上不負先賢,下澤惠後人的理念,歷經十九載,在多方助力之下最終將《建寧耆舊詩鈔》付梓。

三、《建寧耆舊詩鈔》的成書過程及編纂原則

《建寧耆舊詩鈔》的編纂源於編者對鄉邦文獻的深厚情感。張際亮自十九歲開始留心輯録鄉賢文獻,未成而病,囑李雲誥續訂。李雲誥在張際亮所做工作的基礎上,從道光癸卯(1843)冬開始編訂,歷時十九載而成,於同治癸亥(1863)與友人董潤重新加以刪訂而措資付梓。下面就《建寧耆舊詩鈔》的編纂情況進行分析,以呈現此書之梗概。

(一)《建寧耆舊詩鈔》的成書過程

《建寧耆舊詩鈔》的編纂過程並非一帆風順。此書經歷了三個階段。

第一個階段是張際亮自十九歲開始至其病重的二十幾年間留心並輯録鄉賢文獻的過程。李雲誥在《建寧耆舊詩鈔·凡例》中有言:"是鈔亨甫張先生原輯,本朝邑前輩詩人五十餘名,得詩若干首。未成而病,屬雲誥續訂。"大業未成而病,張際亮將繼續搜輯、整理鄉賢詩歌的重任託付給其弟子李雲誥。

第二個階段是李雲誥繼續輯佚、整理、續纂,董潤參訂,鄢家煒、陳學恭、余文淵等校刊的過程。楊瀚在序言中有云:"康熙

朝,邑先輩輯《綏安存雅》三卷,又《閩集》一卷。亨甫輯而損益
之,未成書而以之托鳳儀。鳳儀廣加徵擇,閱十九暑寒,經三四
兵燹而書幸完。今歲與友人董藕船重加刪訂,內錄古近體詩若
干首,自仕宦至方外閨秀若干人。"可見,李雲誥在張際亮所做工
作的基礎上,從道光癸卯(1843)冬開始編訂,經過十九年的時間
而完成,於同治癸亥(1863)與友人董潤重新加以刪訂而措資付
梓。除了編訂者和參訂者以外,在清人詩歌總集的編纂過程中,
校刊者亦是極爲重要的。幾乎每種詩歌總集都有校刊者,或在
序跋、凡例中明示,或在卷首列出,或在卷末列出,這體現了一種
嚴謹的編纂態度。《建寧耆舊詩鈔》亦不例外,這充分體現出詩
歌總集的編輯是集體勞動的成果。李雲誥在《凡例》中說:"校刊
姓名列於各卷之首,以志成功。至參訂之勞,友人董藕船尤著
也。"這裏李雲誥對《建寧耆舊詩鈔》的校刊者和參訂者表示了感
謝之情。據福建師範大學圖書館藏本和福建省圖書館藏本,校
刊者的具體姓名如下:

卷首　鄢家煒、陳煥校刊

卷一　何懋龍校刊

卷二　何懋龍校刊

卷三　謝文藻校刊

卷四　徐光炬校刊

卷五　陳學恭、余文淵校刊

卷六　何懋龍校刊

卷七　范祖義、何象新校刊

卷八　朱元桂、朱亨中校刊

卷九　黃傑校刊

卷十　黃佩校刊

卷十一　丁德煌、朱熾昌校刊

卷十二　黄錫疇校刊

卷十三　何懋龍校刊

卷十四　何懋龍校刊

編纂完成後進入了第三個階段,即付梓階段。《建寧耆舊詩鈔》的付梓甚是曲折,主要原因是刊刻資費不足。據《凡例》所言,因謀梓艱貲,李雲誥等將原先編訂的二十四卷進行刪訂,僅剩九百餘首,加上張際亮部分詩作,總成十六卷,由耆舊後裔集資於同治癸亥(1863)刊刻而成。不過據筆者所見版本,該書最終爲十四卷,而無張際亮的作品輯選。

(二)《建寧耆舊詩鈔》的編纂原則

《建寧耆舊詩鈔》的編纂原則,在李雲誥《凡例》中有所說明,如第三條:"是鈔,凡邑能詩之人,其後裔送來已刻、未刻之稿間多采入,增損其名代世次,各以科第、身殁先後排列,所有心乎明代而不入本朝名籍者,總歸首一卷內。"第五條:"是鈔名《耆舊》,原以蓋棺論定。其見在師友佳什不敢徇私采入。"第六條:"吾邑前輩詩餘,所有詞集多可傳誦。是鈔刻成,俟將所存未刻耆舊之詩,再選續集、附錄、詩餘一卷謀梓。"

從上述內容可以看到,《建寧耆舊詩鈔》從著手輯錄到最終刊刻遵循了幾個原則。首先,在最初輯錄的過程中,見在耆之佳什不錄入,如第五條《凡例》所言。其次,遵循了有詩必錄的原則。經過張際亮和李雲誥的共同努力,《建寧耆舊詩鈔》輯有 24卷,詩 3420 首,可謂卷帙浩繁。後因資費不足,李雲誥只能忍痛割愛,選擇其中 900 餘首進行刊刻,其餘詩作以待來日再梓。《凡例》當中雖然沒有說明如何刪訂,但結合《凡例》第一條和現

存的正文内容可以推测，李雲誥堅持了全面的原則，即保留所有
詩人，對没有詩集僅有一首詩者亦照單收録，這樣就使得零星篇
什也並有所歸；著作多者則根據詩作的内容和水準進行删减。
這是統籌全書的第一層次。在正文的編排上，《建寧耆舊詩鈔》
採用了地域性詩歌總集常采用的"以人繫詩"的編纂方式。所謂
"以人繫詩"，就是按照作家所處時代的先後編次，不同朝代的，
按朝代先者先排，後者則後排；同一朝代或同一時期内，一般是
按照有無科名排序，有科名者先排，無科名者則後排；然後再按
照生卒先後爲次，或就近穿插。誠如第三條《凡例》所言，按照科
第和生卒的時間先後爲序進行排列。以卷三爲例，該卷輯録了
從余敏紳到朱仕静等13位詩人。結合《邵武府志》《清代人物生
卒年表》等，這些詩人活躍於清康熙、雍正、乾隆年間，在排序上
基本按照時間的先後爲序，遵循了《凡例》第三條。同時，該卷也
遵循了"以詩存人"的原則，即没有詩集或者只有一首詩者亦輯
録下來，該卷中吴琨、陳國金等人屬於此等情況。

　　總體來説，《建寧耆舊詩鈔》的編纂原則和《凡例》是一致的。
而在作家個體的體例安排上，《建寧耆舊詩鈔》則遵循"小傳＋詩
作"這一詩歌總集的傳統模式。在具體詩作的編排上，按照先古
體後近體的原則。同時，有詩集可見的，李雲誥等基本按照原來
詩集的編排順序進行選排。因大多數詩集已佚，筆者以福建省
圖書館藏康熙乙未（1715）刊本《綏安二布衣詩》爲例來進行説
明。《綏安二布衣詩》收録丁之賢詩作88首，朱國漢詩作119
首。將《建寧耆舊詩鈔》中所輯録的丁之賢、朱國漢詩集中的相
關篇目進行比較，我們發現朱國漢的詩歌完全按照《綏安二布衣
詩》的順序排列，而丁之賢的詩作亦基本按照《綏安二布衣詩》的
順序編排。

四、《建寧耆舊詩鈔》的價值

《四庫全書總目》有云："文籍日興,散無統紀,於是總集作焉。一則網羅放佚,使零章殘什,並有所歸;一則删汰繁蕪,使菁稗咸除,菁華畢出。是固文章之衡鑒,著作之淵藪矣。"這明確指出文學總集在保存文獻上的重要意義,即可以使"零章殘什,並有所歸"。當某些作品因未刊、流傳不廣、全國性總集未録等因素的影響而淹没在歷史長河中時,後人就很有可能從地域性詩歌總集中找到與之相關的一鱗半爪。《建寧耆舊詩鈔》作爲明嘉靖以來建寧詩歌文獻的載體,張際亮和李雲誥爲之耗費了諸多心血。張際亮"雖恒不家食,而留心鄉邦文獻,輯有《建寧耆舊詩》,搜羅極備"。該書對於我們瞭解建寧詩歌的發展概況、詩人的基本情況、家族文學的發展軌跡等方面具有重要的意義。

(一)保存了大量的建寧地方詩歌文獻

綜觀中國文學史,許多詩人的作品因總集而得以傳世。《建寧耆舊詩鈔》保存了大量的建寧詩歌文獻,爲研究建寧的文學與文化提供了寶貴的資料。

《建寧耆舊詩鈔》原輯録詩歌 3420 首。後因刊資不足,爲了使搜羅到的詩人及其作品都能夠收録到此書中,李雲誥在作品上做了盡可能的取捨,即作品數量少的盡可能全部録入,已有專集的則少録入,删後僅存 16 卷 900 餘首。據筆者統計,該書最終收録了 173 位詩人的 762 首詩。從福建師範大學圖書館藏本來看,在 173 人中,68 人只録 1 首、33 人各録 2 首、16 人各録 3首,就是説 3 首及以下者爲 117 人。由此可以看出,在輯録的過程中，張際亮和李雲誥遵循了有詩必錄的原則。這和編者的桑梓之情是密不可分的。張際亮一生在建寧度過的時間不長，但他對故鄉的情感極爲深厚，而李雲誥一生大部分時間則是在建寧度過的。爲了保存桑梓文獻，他們廣爲搜羅，使一些名不見經傳的詩人詩作因此留存，否則"許多無名詩人乃至名氣不大的詩人，不僅正史無傳，連地方志亦無立足之地，他們的詩名早已湮没無聞"。翻檢《清人別集總目》《清人詩集叙錄》《清人詩文集總目提要》《福建地方文獻及閩人著述綜錄》等資料，筆者發現《建寧耆舊詩鈔》中著錄的詩人及其詩集，僅有李春熙《元居集》、謝兆申《謝耳伯詩集》、朱霞《樵川二家詩》、朱國漢《朱布衣詩》、丁之賢《丁布衣詩》、徐時作《崇本山堂詩文集》、朱仕琇《梅崖居士文集》、朱仕玠《谿音》和《筠園》、李祥廣《古山文鈔》和《蛙鳴詩集》、張紳《怡亭詩文集》、徐顯璋《質甫詩稿》等尚存，而其他詩人、詩作則大多湮没於歷史塵埃中。

《建寧耆舊詩鈔》收錄詩歌的題材內容十分豐富。有山水田園之作，如朱雲《村居》、連青《大源石》、余春林《春日田家》等；有交游唱和之作，如袁一先《游寶蓋岩次鄉文靖公韻》、謝恩臨《和楊羽儀晚趨康莊驛次韻》、何日誥《次朱石君夫子倡和詩韻》等；有咏史感懷之作，如朱國漢《金陵懷古》《嶽武穆墓》《漢武帝》、何梅《讀戰國策》、李俊《三閭大夫》等；有羈旅宦游之作，如何天寵《宿巴山驛》、趙文升《署齋秋夜旅懷》、謝國傑《歲暮署中即事》等；有題圖題畫之作，如李祥麟《題陳翁大癡夢游羅浮圖》、張紳《題徐大畫扇》、陳鳳翔《題洞玄夢游羅浮圖》等；有孝親節烈之作，如李榮憲《余孝子詩》、鄢械《節婦吟》《烈婦吟》、陳誠《節婦吟》等；有愛情閨怨之作，如謝廷簡《閨怨》、李春熙《妾薄命》、張允生《閨情》等。這些詩歌有的描繪了建寧的秀美山水，有的描寫了農村的田園生活,有的反映了詩人的交游狀況,有的則反映了詩人的羇旅生涯,較爲全面地反映了這一時期建寧詩人的創作情況。

值得注意的是,《建寧耆舊詩鈔》保存了謝琳英、朱召南、朱韶音等三位閨秀詩人的詩歌,可見編纂者力求窮盡並保存這一時期建寧詩人詩作的態度,也折射出輯録者先進的文學觀。這些閨秀詩反映了建寧女性詩歌創作成就的某些方面,如謝琳英《傷親十慟》五首,寄託哀鬱,彰顯閨閣本色;《絶命詞》爲其卒日所作,凄怨哀婉。朱召南《秋懷》,於秀麗哀婉中亦有沉鬱之美。在這些作品中,《絶命詞》《秋懷》被收入《閨海吟:中國古、近代八千才女及其代表作》。關於三位閨閣詩人,陳芸《小黛軒論詩詩》有曰,"碎玉傷親倚柏悲,蕭然自是女宗師。添香零落留香在,惆悵湘蘋與課儿",就是對三人之詩作即《碎玉集》《湘蘋遺草》《課儿草》的評價。《建寧耆舊詩鈔》還保存了謝琳英、朱召南二人的生平文獻。該書卷十四載:"朱召南,號湘蘋,廣文筠園先生季女,徐家泰之室,有《湘蘋遺草》",該條記載較爲簡略,但相較袁韶瑩《中國婦女名人詞典》、嶙峋《閨海吟:中國古近代八千才女及其代表作》等的記載則是詳細的。《建寧耆舊詩鈔》卷十四用174字的篇幅對謝琳英的生平進行了詳細而生動的記載,既有人物的品性愛好,又有人物的語言動作。林壽圖《榕蔭談屑》、張景祁《邵武府志•列女•閨秀》、林家溱《觀稼軒筆記》等對謝琳英事蹟的記載,則相對簡略。從知人論世的角度來看,《建寧耆舊詩鈔》對閨秀詩人生平文獻的記載爲閨秀文學的研究提供了寶貴的文獻資料。

此外,《建寧耆舊詩鈔》保存了一些別集之外的作品,使得該書在保存大量詩歌的同時,也起到了輯佚的功效。將該書與《綏安二布衣詩》《瀍溪四家詩鈔》《碧峰詩集五種》《蛙鳴詩集》《怡亭詩文集》《賀甫詩稿》等進行比對，《建寧耆舊詩鈔》中收錄了這些別集中未收錄之作，如丁之賢《五月聞砧》、朱仕玠《秋風入松柏曲》《古釵行》《海中見澎湖島以無風不能至》《臺灣府》、何梅《文君》、李榮英《有贈》等。從輯佚角度來看，《建寧耆舊詩鈔》具有重要的文獻價值。

《建寧耆舊詩鈔》中的不少詩歌描寫的是其他地方的風土人情，所以常被徵引作爲佐證文獻，比如《鼓山藝文志》徵引了《建寧耆舊詩鈔》卷六之黃元度《游鼓山》、余春林《游靈源》，潘超主編的《安徽古典風情竹枝詞集》引用了連青的《鳩茲五日擬竹枝詞》等。

同治二年（1863），《建寧耆舊詩鈔》書成付梓。此前建寧已有《綏安二布衣詩》《瀍溪四家詩鈔》等詩歌總集，《建寧耆舊詩鈔》在已有總集的基礎上，網羅放佚，廣泛收集詩人詩作，在收錄廣度上遠遠超過已有的建寧詩歌總集。從所收詩人數量上來看，《建寧耆舊詩鈔》收錄 173 人，遠遠多於《綏安二布衣詩》的 2 人、《瀍溪四家詩鈔》的 4 人；從所收詩歌數量上來看，現存《建寧耆舊詩鈔》收錄詩歌 762 首，多於《綏安二布衣詩》的 207 首、《瀍溪四家詩鈔》的 467 首。若從《建寧耆舊詩鈔》最初所收 3420 首詩作來看，則遠遠高於其他二種。然因刊資有限而被迫刪減大半，實屬可惜。從文獻徵存的角度來看，《建寧耆舊詩鈔》在《綏安二布衣詩》《瀍溪四家詩鈔》等基礎上更完整全面地呈現出建寧詩人詩作情況，也使福建地域詩歌創作面貌更爲完整。這正是其價值的重要方面。

(二)保存了一定數量的建寧詩人傳記材料

《孟子·萬章下》:"頌其詩,讀其書,不知其人可乎?",提出了"知人論世"的思想。受這一思想的影響,我國的文學研究活動歷來重視作者的生平信息。就總集而言,作者小傳也是其中的一個重要部件。據傅剛《〈昭明文選〉研究》之《漢魏六朝著書、編集體例述論》介紹,總集中附有作者小傳的歷史悠久,西晋摯虞《文章流別集》、南朝蕭統《古今詩苑英華》等已經開始記録作者的相關生平信息。明清時期的地域性詩歌總集所輯録的作者,大部分都附有作者小傳。這些傳記主要介紹詩人的字號、籍貫、科名、仕宦、品性、創作風格、逸聞軼事等。

作爲總集的一種,《建寧耆舊詩鈔》中也有詩人小傳。這些詩人小傳分别列於各個詩人的名字之後。《凡例》第三、四條對詩人小傳的來源及不足之處亦有記載,如第四條曰:"亨甫先生原輯有《耆舊鈔記》之作,稿具數頁,殁後並所著各種寄存姚石甫先生家,兵燹遺失。雲誥采諸志、集,憶訪見聞,曾撰各詩人小傳一卷,亦被兵毁。兹第綜其里居梗概,期於簡略,未遑縷述。"誠如《凡例》所言,由於年代久遠、兵燹等原因,原著詩人小傳被毁,李雲誥只能綜其里居梗概。關於清代詩人小傳撰寫困難的問題,現代學者李靈年、楊忠在《清人别集總目》序中有所談及:"比較而言,名家小傳資料易得,爲數衆多的小家資料却頗爲難尋。有的作者翻遍手頭所有資料,才覓得寥寥數字。有時雖一無所獲,用力却倍於名家。"

《建寧耆舊詩鈔》的詩人小傳繁簡不一,簡略的小傳僅僅提供詩人的字號、籍貫或詩集等,如"徐輝,字凱先"(卷一)、"陳松,字蒼雪,著有《金鏡詩集》"(卷二)、"袁一先,字我峰,本姓何,玄錫之孫，邑水東人，歲貢生。兼能書畫，名重一邑，有《香谷集》" （卷二），"陳邦棟，字漢卿，邑北藍田石溪廩生，有《西陲游草》《寄情吟草》"（卷十三）等。雖然這些詩人小傳的信息簡略，我們却可以從中窺見方志、譜牒等相關文獻的蛛絲馬跡。繁複的詩人小傳除了作者字號、籍貫、科名、著作以外，還記載了詩人相關的逸聞軼事、品性、詩風等信息，如謝雲從的小傳曰："謝雲從，字用霖，號伯龍。隨父絅齋任姑蘇，聲名籍甚。清源李公推重之，命憲使伍公，可受詔抵京師，欲薦爲國用，伯龍堅辭職。一日，出錢塘泊富春山，夜夢嚴先生授以釣具，且曰：'何日携家，予待子於雲山江水間，與波入上下，莫知其處，千載而下，豈不成兩高歟？'因此決意不仕。所著有《北征篇》《越游稿》。書法瘦勁，至今人皆寶之。"該小傳不僅交代了詩人的字號、詩集等，還特別記載了謝雲從決意不仕之逸聞。

　　除了上述李雲誥等撰寫的小傳以外，《建寧者舊詩鈔》中亦有部分詩人的小傳材料來自詩話、編纂者可見之詩人傳記等，如謝兆申之小傳摘自朱彝尊《静志居詩話》，丁之賢、朱國漢的小傳來自《綏安二布衣詩》中同里何梅所撰的二人傳記等。這些小傳雖是摘録文獻，但具體生動，較爲完整地勾勒了詩人的生平履歷，如朱國漢的小傳曰："朱國漢，字季章，晚自號獨醒居士，邑北楊林布衣。少孤，事母以孝聞。性卓犖，負大略，奮欲有所建立於時。會崇禎甲申變聞，狂走登故越王臺址，北向號慟，累日夜不休，鄉里人多竊笑之，不顧也。自是，悉棄所理舉業，託賈人以自晦。遇古忠臣名賢祠廟、墟墓、掬石泉、摘山花，俯伏拜奠，歌詩憑吊，寄託深遠。里居後，數以其贏餘爲德於鄉。其詩步趨在香山、劍南之間，而激昂淒婉，每每寫難狀之景如在目前，留不盡之意見於言外。其有合於風騷之遺意多矣。"將此篇傳記與何梅

所作之傳記兩相對比,發現李雲誥對何梅所作小傳進行了刪減,
而刪去的是朱國漢與一貴人游覽金山並吟詩的逸聞軼事,並未
影響到小傳内容的完整性。

　　除了對人物生平的介紹以外,《建寧耆舊詩鈔》中的某些小
傳還交待了詩人之間的關係,比如父子、兄弟等,如李嗣元"泰階
季子"(卷一)、朱仕静"離之弟"(卷三)、鄢棫"松之弟也"(卷七)、
李祥麟"樾園先生嫡孫"(卷八)、鄧守愚"作梅之子"(卷八)、朱佑
"梅崖太史長子"(卷八)、徐家恒"鄴侯先生之孫"(卷九)等,而這
些相關人員的詩作也都收到了《建寧耆舊詩鈔》中,這對於研究
家族詩歌來説具有重要的價值。

　　值得注意的是,《建寧耆舊詩鈔》中"詩人小傳"對詩人的科
名情況也作了記載,如貢生、拔貢、歲貢生、恩貢生、庠生、庠貢
生、廩生、廩貢生、增生、監生、諸生、舉人、武舉人、進士等。有的
注明了某年、某科,如李春熙"萬曆戊戌進士"(卷一)、陳恂"順治
戊子拔貢"(卷二)、甘俊"嘉慶甲子舉人"(卷八)、黄宗倬"嘉慶辛
酉拔貢"(卷十二)等;有的只記載科名,無具體時間,如李祥麟
"邑諸生"(卷八)、李恭"邑北黄溪諸生"(卷九)、陳邦棟"邑北藍
田石溪廩生"(卷十三)、鄢邦基"邑北藍田監生"(卷十三)等,保
存了建寧地方科舉的寶貴文獻資料。這些資料對於考證詩人的
仕途履歷有重要的價值,同時也爲判别是否爲"科舉家族",並爲
進一步研究提供了一定的參考資料。所謂科舉家族,指的是"那
些在清朝世代聚族而居,從事舉業人數衆多,至少取得舉人或五
貢以上功名的家族"。世代聚族而居並組織支持族人應試、從事
舉業人數衆多並世代應舉、至少取得舉人或五貢(恩貢、拔貢、副
貢、歲貢、優貢)是判定一個家族是否爲科舉家族的三個條件。
根據此標準,《建寧耆舊詩鈔》中有許多家族可以稱之爲"科舉家

族"，如朱仕琇家族、吳伯模家族、李春熙家族、徐時作家族等。

筆者在翻檢詩人小傳時，發現《建寧耆舊詩鈔》中的某些詩人小傳存在與其他文獻的記載不一致的情況。如卷一中關於趙文昌所處年代的記載不一致，《建寧耆舊詩鈔》關於趙文升的記載也出現了疑點。據《建寧耆舊詩鈔》記載："趙文升，字呈曦，文昌弟，順治辛卯歲貢，任建寧府學博。"這裏給我們提供了趙文升是趙文昌弟弟、是順治歲貢等信息。但是《邵武府志》卷二九《藝文》將趙文昌歸入明朝，而該書卷二一之《人物·文苑》又將其歸入清朝。同一部書將同一個人歸入不同的朝代是矛盾的。民國八年（1919）《建寧縣志》和《民國尤溪縣志》都記載趙文昌爲明人。同時再結合《凡例》第三條，可以確定趙文昌和趙文升兄弟是明朝人。

再如卷三徐時作中進士的時間和其他文獻的記載亦有出入。《建寧耆舊詩鈔》記載其爲"乾隆辛未（1751）聯捷進士"，而《晚晴簃詩匯》《明清進士錄》《近代中國史料叢刊續輯·明清進士題名錄索引》《明清進士題名錄》《福建省舊方志綜錄》《清人文集別錄》《清人詩文集總目提要》等均題爲雍正丁未（1727）。兩者相差二十幾年，何者爲准？據徐時作《崇本山堂詩文集》卷五《年譜自序》："計余年廿三爲諸生，至三十一歲午未聯捷。"可知徐時作三十一歲中進士，即雍正丁未（1727）。除了徐時作自訂年譜以外，他人爲徐時作所作墓志銘、行狀等亦記錄爲雍正丁未（1727），如長洲彭啟豐《皇清誥授奉直大夫滄州知州徐君墓志銘》："建寧筠亭徐君與予爲鄉會同年友……（徐時作）雍正四年舉於鄉，明年成進士。"新城魯九臯《皇清賜同進士出身直隸天津府滄州知州徐公行狀》："公諱時作，字鄰侯，號筠亭……雍正丙午舉於鄉，明年成進士。"由此可以認定徐時作乃是雍正五年進士,《建寧耆舊詩鈔》所載有誤。

不過瑕不掩瑜,也正如《凡例》所言:"第世遠年湮,難盡收録詳明。名字缺漏,雕校魯魚,閲者諒諸。"《建寧耆舊詩鈔》中詩與文獻互爲補充的形式,爲我們考察作者的生平、作品提供了非常重要的資料,對於建寧地方詩學的研究和發展不無裨益。特别是在大部分作家的别集已經失傳的情況下,詩人别集的著録則具有重要的文獻價值,它爲福建省志和建寧地方志中《人物傳》《文苑傳》的編寫提供了寶貴的資料。對於那些没有名氣的詩人來説,傳記的意義更大,往往賴此保存了他們的相關資料而不致被湮没。

(三)爲建寧文學家族的研究提供了寶貴的文獻資料

地域性詩歌總集因輯録作家較多,客觀上對詩人群體進行了輯録,如家族、方外、閨秀等。可以説,地域性詩歌總集並不是機械地將衆多作者簡單地排列,而是對彼此關聯的詩人群體進行了客觀、生動的立體展現。所謂文學家族,指的是以社會的基本單位——家族這一概念爲基礎,具有兩人及以上的文學作品創作群體。在中國的文學史上,有衆多的文學家族,他們或以父子著稱,或以兄弟揚名,或以祖孫顯貴。這些文學家族中,有的歷經三代、四代乃至更多而文士輩出。可以説,文學家族是中國古代文學不斷繁盛的重要推動力量,也是中國文學繁榮的重要組成部分。

自明嘉靖以後,建寧文人甚多,且家學淵源深厚,出現了許多的文學家族,而這些文學家族又是建寧一邑之文學面貌及文學傳承的重要載體。張際亮和李雲誥對此亦有所關注。《建寧耆舊詩鈔》以建寧一邑爲圍,收録了明嘉靖至清道咸這一時期内建寧家族的詩歌信息,如謝氏家族:從父親謝廷簡到儿子謝雲從;朱氏家族:從曾祖朱國漢到祖父輩朱耀、朱霞、朱雲、朱肇璜到子輩朱雕、朱仕静、朱仕琇、朱仕玠到孫輩朱文佑、朱文泳、朱文儒、朱標先;李氏家族:從父親李春熙到儿子李嗣元,從父輩李榮芳、李榮英、李榮憲到子輩李俊再到曾孫輩李祥麟,從父輩李大儒、李大修、李大仁到子輩李祥瑚,從祖父輩李祥虞到孫輩李仙根;鄢氏家族:從父輩鄢尚豐和鄢尚鵠兄弟到子輩鄢松、鄢械;徐氏家族:從父親徐時作到儿子徐光美到孫子輩徐家恒再到曾孫輩徐顯璋;陳氏家族:從父親陳國金到儿子陳邦韶;何氏家族:從父親何默仙到儿子何松,從父親何思魯到儿子何天寵,從父親何其漁到儿子何貞;吳氏家族:從祖父輩吳琨到孫輩吳伯模再到玄孫輩吳德先再到來孫輩吳醇;連氏家族:從祖父輩連青到孫輩連必琪;鄧氏家族:從父輩鄧作梅到子輩鄧守愚;黃氏家族:從父親黃肇元到儿子黃士遇;張氏家族:從祖父輩張紳到孫輩張雲仙等。

在這些家族中,朱仕玠家族和李俊家族的成就相對較高,出現了朱仕玠、朱仕琇、李俊等聞名全省的學者。《建寧耆旧詩鈔》中所載朱氏家族的情況見下表:

序號	詩集名	作者	家族關係	所收詩歌數	備註
1	《綏安二布衣詩》	朱國漢,字爲章,晚自號獨醒居士	朱仕琇之曾祖	11	布衣詩人
2	《怡庵詩集》	朱耀,字漢輝	朱仕静之父	3	庠生
3	《曲廬詩鈔》	朱霞,字天錦	朱仕琇伯父	5	庠貢生
4	《槎亭詩鈔》	朱肇璜,字渭師	朱仕琇族父	3	貢生

續表

序號	詩集名	作者	家族關係	所收詩歌數	備註
5	《藕居詩稿》	朱雲,字謙山	朱仕琇族父	3	諸生
6	《鼎堂詩集》	朱雕,字和鳴,號鼎堂	朱燿之子朱仕琇之族弟	7	貢生
7	《定齋詩集》	朱仕静,字密侯	朱燿之子朱仕琇之族弟	2	貢生
8	《筠園詩文集》《韺音》《音別》	朱仕玠,字碧峰,號筠園	朱仕琇之兄長	30	乾隆六年拔貢生
9	《梅崖居士文集》	朱仕琇,字斐瞻,號梅崖		3	乾隆甲子解元,晚年掌教鰲峰書院,以古文名當世
10	《松陰詩鈔》	朱文佑,字啟堂	朱仕琇之長子	3	諸生,二十二歲卒
11	《理齋詩稿》	朱文涆,字顯承	朱仕琇之季子	3	諸生
12	《太拙遺集》	朱文儒,字景行	朱仕琇之侄子	4	
13	《湘蘋遺詩》	朱召南,號湘蘋	朱仕玠之女	1	徐家泰之室
14	《課儿草》	朱韶音,字敬園	朱仕玠之女	1	鄢家述之室
15		朱標先,字錫緋	朱霞之孫	2	諸生
16	《沁軒詩鈔》	朱勳,字有光,號沁軒	朱仕琇之侄孫	1	庠貢生,張際亮《沁軒朱公墓志銘》

可見，朱氏家族是建寧文學家族和科舉家族合二爲一的代表。該家族沒有中進士者，不過也屬於科舉家族，且幾乎每人都有別集。可見，其詩書傳家的家學傳統綿延不絕。錢穆曾言："當時門第傳統共同理想，所希望於門第中人，上自賢父兄，下至佳子弟，不外兩大要目：一則希望其能具孝友之內行，一則希望其能有經籍文史學業之修養。此兩種希望，並合成爲當時共同之家教。其前一項表現，則成爲家風。後一項之表現，則成爲家學。"朱氏家族的文學傳統始自朱國漢，其所著《朱布衣詩鈔》，近仍見傳。朱國漢之後，該家族出現了衆多的詩文能手，如朱仕琇、朱仕玠，還出現了女性詩人朱召南和朱韶音，展現了該家族文學發展的底蘊和傳承。

除朱氏家族以外，《建寧耆舊詩鈔》中較爲有名的文學家族還有李氏家族、徐氏家族等。《建寧耆舊詩鈔》對這些家族的著錄，在一定程度上體現了這些家族的詩學傳承。因爲詩作著錄數量上的有限性、有些詩歌不傳等因素，這些人的詩作並沒有被全部著錄，不能完全展現家族詩歌的發展脉絡，但《建寧耆舊詩鈔》對文獻的著錄功不可沒，它爲我們瞭解建寧當地的家族詩人諸如李氏家族、朱氏家族等的創作提供了一個途徑。若能進一步結合家譜、《福建通志》《邵武府志》《民國建寧縣志》等文獻資料進行深入細緻的研究，還可以考察建寧家族文學的發展軌跡，揭示家族演變與家族文學發展的內在邏輯。

總之，比之《綏安存雅》《瀧溪四家詩鈔》《綏安二布衣詩》等鄉賢耆舊之作，《建寧耆舊詩鈔》無論是收錄作者的數量上，還是作品的數量上，都取得了開拓性的進展。《建寧耆舊詩鈔》於作家介紹、作品編排上都頗費一番功夫，但因資費不足而刪減大半詩作,而這些删減之作大部分湮没於歷史塵埃當中,可謂是一件憾事。《建寧耆舊詩鈔》是一部重要的地域性詩歌總集,作爲建寧鄉邦文化的一個重要載體,它對於建寧詩歌的保存與傳播具有重要的文獻學意義。同時,《建寧耆舊詩鈔》的刊行對於促進建寧一邑之文學發展乃至福建文學的發展、擴大福建地域文學的影響都具有重要的意義。鄭振鐸先生曾言:"近從事'文學考'之纂輯,乃知地方詩文集之重要。"誠然,在大多數詩人没有文集傳世的情況下,地域性詩歌總集無疑是一座巨大的文獻寶庫。這些地域性詩歌總集,會與其他類的總集、別集一樣,不斷推進當今古代文學的研究向縱深拓展。

五、《建寧耆舊詩鈔》點校説明

《建寧耆舊詩鈔》的點校以福建師範大學圖書館藏本爲底本,參之以福建省圖書館藏本等。本書整理文字悉據底本,原書無從查明辨認的缺損字、模糊字,均以□代替一字,並依字數標出。對詩人生平的補充,均以【注】列出。

趙雅麗

二〇二三年二月二日

目　録

序

　　昔曹子桓有言：年壽有時盡，榮樂止夫其身，二者必至之常期，未若文章之無窮。是以覃思著述，欲自託以垂諸後世，非獨賤貧之士然也。然歐陽文忠序《唐書·藝文》，嘗慨惜其凋零磨滅不可勝數，謂有其名而無其書者，十蓋五六也。夫畢生著書，幸而流傳，且藏於故府，此幾可以無憾矣，而其間猶有久而書亡者。然則士將何所託而可哉！

　　吾鄉自宋置邑，阻嶺翳海，風氣異於中州，士之以富貴功名顯者蓋寡。然山川瑰偉幽異，其氣必有所鐘，是故文學之彥，先後相望。其憔悴專一，託於詞章，冀以自見，雖賤貧老死而不悔。蓋有名州大縣所不能如者，其風尚固亦近古矣。顧或百數十年間，遺稿侵蝕於蠹鼠者殆盡，雖邑人有不能舉其一字者，況望冊府之收藏，異代之傳誦哉？

　　余童子時，竊悲之，嘗輯《國朝鄉先生生平大略》，爲耆舊之記，其稿具而未暇刪核，恐終負此志於無窮也，是以先即其遺詩彙采而梓之，貽邑後學，且視四方友朋，冀共傳之久遠，以少解歐陽文忠之所慨。惜其所采，斷自國朝，以先朝諸先生遺集大半不可得見矣。邑有留心文獻之士，他日將能繼是編而廣爲搜輯，是豈惟余所深望也乎。

道光乙未秋七月朔日邑後學張際亮

序

　　去邵武府治□□□□□□□□□□□□□□□□□□，見其山川競秀，人文蔚起□□□□□□□□□□宿城中邑人士多有以先□□□□□□□□□□□人也。是編爲邑舉人張亨甫所輯，李生□□□□□□。嘉靖迄近時，凡邑之能詩者并録之，得若干首，□□□備，無美不臻，至其狀山川之奇鬱，寫景物之閑□，□□山經地志相表裏。余未識亨甫，曾於京師江翊雲□□□□責稱其才，顧以清狂不容於世，□□其侘□□，歿於京邸。其歿也，姚廉訪石甫爲經紀其喪以歸，□□見其爲人矣。今得覽是編，知其留心邑之文獻志□□，近深爲惋惜。徐生顯炳將謀刊行，特來請序，因□□□端。

己酉歲秋月學使者彭蘊章謹撰

【註】此序見於福建省圖書館藏本。

序

　　《建寧耆舊詩鈔》刻成，友人李鳳儀囑余爲序。序曰：

　　《記》稱天降時雨，山川出雲，言人才之迭興，如雲出于山川也。顧山川非僅能出雲已也，一切璀璨瑰麗照耀人之耳目者，莫不由山川而出雲。弋山、瀧川之在建寧，爲一邑岡巒所宗，澗谷所注其神氣之靈，鐘于物而尤鐘于人。故千餘年來，人才以漸而大蕃，歷久而彌盛，固其宜矣。才人例工吟咏其傳於無窮有二：一則後人懷先芬焉；一則文人恤同類焉。《黃御史滔集》《蘇學士軾集》賴裔孫孝思而顯，此先芬爲懷也。沈子明表章《昌谷集》，歐陽永叔表章《昌黎集》，王子飛表章《後山集》，元裕之撰《中州集》，陳臥子撰《皇明詩選集》，此同類爲恤也，無是而以其業孤行海內者蓋寡。

　　《建寧耆舊詩鈔》者録一邑之詩，使之傳於無窮也。上古六合同風，孔子刪十五國之風，而風不同，然同國猶同風也。若夫建寧之詩不然，就本朝論，國初葩藻紛披，仍踵明習。至何雪芳而變爲秀雅，至李千人而變爲幽澹，至李舜廷而變爲奧淳，至黃奉左而變爲跳脱，至張怡亭而變爲俊逸，至張亨甫而變爲激壯，其他單篇隻語，亦皆鳴其自得，如八音并奏，而洪纖殊聲；五色并宣，而丹青殊彩。其不因循者，能樹立也；其不依傍者，能創闢也。此耆舊各具性情，各抒性靈，各寫見識、境遇，而詩所以可傳也。

　　康熙朝邑先輩輯《綏安存雅》三卷，又《閨集》一卷。亨甫藉而損益之，未成書而以之托鳳儀。鳳儀廣加徵擇，閱十九暑寒，經三四兵燹而書幸完。今歲與友人董藕船重加刪訂，內錄古近體詩若干首，自仕宦至方外、閨秀若干人，措資付梓，耆舊裔孫有襄助者，美哉！繩繩乎是何異於黃、蘇兩家之後人？而鳳儀悱惻纏綿，與古文人子明、永叔、子飛、裕之、卧子之用心有異耶？無異耶？抑又聞之亨甫另有《建寧耆舊鈔記》之書，自序首引泉明錄《群輔》，仲宣記《英雄》。今其稿尚在歟？鳳儀能勿亟爲搜羅歟？

　　夫建寧無此能詩之耆舊，則菁華奚存？然建寧惟此能詩之耆舊，則勳烈奚存？茲海邦不靖，需才孔殷。余所望於建寧者，豈但詩鈔之傳哉？詩曰："亂離瘼矣，奚其適歸？"又曰："莫肯念亂，誰無父母？"蓋嘗觀於天降時雨，山川出雲，輒爲悽愴。無已復爲之，翹企無已焉耳。

同治二年八月楊瀚拜撰

凡　例

一、是鈔亨甫張先生原輯本朝邑前輩詩人五十餘名，得詩若干首，未成而病，屬雲誥續訂。癸卯冬，先生竟卒京邸。雲誥益以明嘉靖以來迄今時人之詩，計百六十餘名，詩三千四百二十首，編二十四卷。因謀梓艱貲，復删之，僅九百餘首，其亨甫先生自著詩集亦略爲采入，附是鈔後，總成十六卷。

一、刊刻是鈔貲費皆得諸耆舊後裔，校刊姓名列於各卷之首以志成功，至參訂之勞，友人董藕船尤著也。

一、吾邑前此選集有《綏安存雅》《瀟川四家》《隴西二家》等集。是鈔，凡邑能詩之人，其後裔送來已刻、未刻之稿間多采入，增損其名代世次，各以科第、身殁先後排列，所有心乎明代而不入本朝名籍者總歸首一卷内。第世遠年湮，難盡搜録詳明。名字缺漏，雕校魯魚，閲者諒諸。

一、亨甫先生原輯有《耆舊鈔記》之作，稿具數頁，殁後并所著各種寄存姚石甫先生家，兵燹遺失。雲誥采諸志、集，憶訪見聞，曾撰各詩人小傳一卷，亦被兵毀。兹第綜其里居梗概，期於簡略，未遑縷述。

一、是鈔名《耆舊》，原以蓋棺論定。其見在師友佳什不敢徇私采入。

一、吾邑前輩詩餘、所有詞集多可傳誦。是鈔刻成，俟將所存未刻耆舊之詩再選續集，附録詩餘一卷謀梓，以公同好庶，前

輩佳著不全掩沒。

一、前輩古文如吾邑朱梅崖、余潤園、黃臨皋、何穆嚴、李古山、張怡亭、熊藕亭諸先生各有專集，即連柳村、李息園、何江村、李櫪園、朱和鳴、朱筠園六先生所作，間有卓卓可傳。刻畢是鈔，當就搜録續選耆舊文鈔一集，措貲合梓，有心邑文獻者望共成之。

後學李雲誥謹識

建寧耆舊詩鈔卷首

建寧縣張際亮亨甫原輯　後學　李雲誥華山續纂
董　潤藕船參訂

建寧耆舊著作總目

後學

董　潤藕船輯録
李雲誥華山輯録
鄔家煒朗齋校刊
陳　焕省齋校刊

余　鎡　東田稗稿

廖鳴皋

謝廷簡　綱齋詩集

謝雲從　北征篇　越游稿

李春熙　玄居集

李嗣元　息軒詩集　息軒文集

何　貞　太白樓詩　忘筌館稿

何其漁　漁父篇

謝兆申　耳伯集

何思魯　東山集　信陵唱和草

何天寵　偶言集　楚中游草

黄　弼

何洪源　默仙詩集

陳　贊　大壺山藏稿　赤顔山人集

余茂先

趙文昌　玉尺樓詩草

趙文昇

丁之賢　二布衣詩集

朱國漢　二布衣詩集

何　松　游草初集

寧　教　青門詩草

廖家鼎

徐　輝

寧　崑　鶴山詩稿

陳　恂　北游草

陳　愫

王大智

聶　芳　巢湖留韻　存耕堂詩草

謝國傑　襄陵未信稿　歸田詩鈔

謝師儀　容園集

謝國樞　青山別墅藏稿

陳大儀　書稼堂文集

廖必亨　拾餘草　樓居集

鄔國光

李開棟　東山集

謝鍾南

陳　松　金鏡詩集

何　梅　江村集

李榮芳　鏡齋集

李榮英　白雲集

楊應翰　寄廬草　澹居詩文集

袁一先　香谷集

朱　霞　曲廬詩鈔

朱　燿　怡庵詩集

朱　雲　藕居詩稿

吳　游　宛亭詩集

張鵬翔　健亭遺稿①

陳　風　籟堂詩鈔

董騰蛟　應酬詩集

余敏紳　韋齋詩集

連　青　詩經擁篲　愧齋詩文集

謝　莘　伊廬集

劉風起　四書辨義　春秋辨義　石溪史話　石溪詩文集

朱肇潢　槎亭詩鈔

徐　荀　香祖詩鈔

徐時作　崇本山堂集

黃　度　于山晚翠集

陳國金　葛懷詩稿

吳　琨

楊寬嶹　虹臺稿

朱　雕　鼎堂詩集

朱仕靜　定齋詩集

李　俊　櫪園詩集共三集　櫪園詩話

謝恩臨　存庵詩集

李榮憲　讀史評略　竹溪詩稿

---

① “健亭遺稿”四字原刻本無,係點校者據後文補。

李　明　見庵詩鈔

李　書　復軒詩鈔

朱仕玠　筠園詩文集　谿音集　水竹居詞鈔　音別集　小
　　　　琉球志

朱仕琇　梅崖居士文集　詩偶存

鄢尚豐　曼翁詩集

張允升　立夫詩草

徐光美　隰苓詩鈔

余　龍　雲巖詩稿　蛩吟草

陳邦韶　素軒詩草①

吳伯模

邱　崧　巢雲吟稿

董　書

朱仕韜　漱石山人詩稿

李智澄　松窗吟稿

李大儒　愚庵詩集　道德經解

李大修　蔓生堂詩稿

李大仁　存齋遺詩

李天炎　光南詩稿

金榮鎬　芑汀遺詩　易詩偶錄

鄧作梅　雪莊詩文集

黃元度　竹香詩集

余春林　潤園詩文集　匡居邇言

————————————————

① "陳邦韶"條原刻本無，係點校者據後文補。

寧人望

姜　紳

鄢九鎮　博山詩集①

鄢　松　長嘯軒詩集

鄢　械　靈谿詩集

鄢　楓　豁園遺稿②

何曰詔

何曰誥　深柳讀書堂存草

何曰謨

何　燦

朱文旒

李祥賡　蛙鳴詩集　古山文鈔　讀易慎疑

李祥雲　澹軒詩稿

李祥瑚　負薪子詩稿

李祥麟　李樹庄詩稿

鄧守愚　守愚詩稿

朱　佑　松陰詩鈔　松陰詞鈔

朱文洊　理齋詩稿　理齋詞稿

朱文儒　大拙遺集

甘　俊

張　紳　怡亭詩集　怡亭文集

徐家恒

黃　誠　一廬詩稿

---

① "寧人望""姜紳""鄢九鎮"條原刻本無，係點校者據後文補。

② "鄢楓"條原刻本無，係點校者據後文補。

黄秉恩

黄　瑨　琢亭遺詩

李　恭

李應白　雪園稿

朱標元

朱　焜　沄門詩稿

朱　勳　沁軒詩鈔

寧中和

徐顯猷　未信齋詩稿

徐顯璋　質甫詩集

鄢　梓　初樵詩集　初樵文集

黄從龍　鼓潭吟草

艾際照　試草

吳德先

朱闇村　闇村詩集

朱恭元　雙梧亭稿

陳大癡　大癡詩集

陳　誠　靜山詩草

陳國是　時軒游草

朱元發　愚軒詩集

謝鳴鑾　琬亭詩集

陳鳳翔　栖竹遺草

鄢尚鵠　半恬吟稿

鄢凌霄　璞山詩集

熊夢鰲　留耕堂詩集

熊際遇　藕亭詩集　藕亭文集

朱其燮

鄔　翱　　鶴汀詩稿

鄔　翰　　墨林遺草

王　笏

朱　珊　　寄情草

陳大成　　未亭詩稿

陳際飛

陳　沖　　潛志樓初集

陳　禧

謝天錫

李仙根

黃宗倬　　陟瞻詩稿

黃肇元

黃光曉

黃調鼎

吳　昇

吳士塤　　曉山遺詩

吳　淳　　厚園文鈔

饒　典

余本材　　耕樵詩集　　和陶吟

朱文瑩

朱錫周　　星槎吟稿

鄔　澹　　秋山詩稿

董廷治

陳邦棟　　西陲游草　　寄情吟

舒　懷　　惕齋詩草

黃士遇　槎客吟草①

張雲仙　六溪詩草

鄢邦基　北萊詩稿

余文勳　北谿詩稿

余　鳳　桐江詩草

僧雪浪

僧廣亮

僧興目

謝琳英　碎玉集

朱召南　湘蘋遺詩

朱韶音　課儿草

---

① "黃士遇"係原刻本無，係點校者據後文補。

建寧耆舊詩鈔卷一

董　潤藕船參訂

張際亮亨甫原輯　後學李雲誥華山續纂

何懋龍松亭校刊

目　录

余 鎡 一首

字時用，嘉靖中貢，入太學，著有《東田稗稿》。

宿灑口

落日停蘭棹，隨鷗傍石涯。灘聲偏到枕，客夢不離家。
被冷驚霜重，舟橫覺月斜。忽聞江上曲，疑是後庭花。

【注】《邵武府志》載，余鎡，號東田，敏捷能詩，嘉靖中貢，入
太學，奏《南雍賦》，有題花鳥詩云："幽栖豈為稻粱謀，揀盡寒枝
未肯休。賴有梅花最清白，相依飛夢到羅浮。"又詠韓信云："可
憐千古英雄將，生死都歸兩婦人。"

廖鳴皋 一首

字聞野。

題築野叢桂山房

輸君招隱地，桂樹陰蘿關。出岫孤雲往，遙天倦鳥還。
呼僮時進酒，留客日看山。不作商霖用，嚴栖野築間。

謝廷簡 一首

字而文，號絅齋。幼負穎異，倜儻不群，淹通百氏，為諸生，
名噪一時。由明經任蘇州司訓，日與司寇王公元美、侍御劉公子

威結詩社唱和,有《絧齋詩集》。

閨怨

斜風細雨小樓西,瘦倚危欄望眼迷。

芳草無情春又暮,流鶯飛過隔林啼。

【注】《邵武府志》載,謝廷簡爲隆慶間貢生,授蘇州訓導,著《絧齋集》。其詩多警句,五言云:"野水流雲寂,秋山帶月寒。"七言云:"芳草無情春又暮,流鶯飛過隔林啼。"過來馬營云:"輿圖久屬飛龍秣,驛路猶傳來馬營。"送僚友云:"青氈十載同聽雨,黃葉三吳又上船。"皆可誦。其子雲從。

謝雲從　一首

字用霖,號伯龍。隨父絧齋任姑蘇,聲名籍甚。清源李公推重之,命憲使伍公,可受招抵京師,欲薦爲國用,伯龍堅辭之。一日,出錢塘泊富春山,夜夢嚴先生授以釣具,且曰:"何日攜家,予待子於雲山江水間,與波入上下,莫知其處,千載而下,豈不成兩高歟?"因此決意不仕。所著有《北征篇》《越游稿》。書法瘦勁,至今人皆寶之。

別余渭濱明府李泰階進士

馬首長條拂酒樽,蕭蕭微雨愴離魂。

十年湖海金都盡,又向秋風上薊門。

【注】《邵武府志》載,謝雲從隨父謝廷簡宦蘇州,與王穉登、

周天球、張獻翼諸名唱和，遂游吳、浙、燕、趙間，名公卿聞其名皆折節下交。書法瘦勁可喜，人爭寶之。

李春熙　一首

字暉如，號泰階，萬曆戊戌進士。初任太平司理，升比部主事，以言事謫歸。再起，補南計部郎。詩文爲當代所重，著有《玄居集》。

紀行

竟日疲長道，黃昏江上舟。蒼山冥合色，白水暗分流。
海月開殘夜，天風逗素秋。勞生誰早息，沙渚有眠鷗。

李嗣元　四首

字又元，泰階季子，庠生。鼓篋南雍，爲博雅通儒。所至名山大川，輒有題咏，一時公卿大夫交重之。晚年攣雙足，杜門不出。著有《息軒詩文集》。

秋夜獨坐

入夜群動息，況兼天地秋。翛然此獨坐，明月當窗流。
溪長風聲迴，砌冷蛩語幽。坐覺意象泯，居然天鈞休。
孤燈照四壁，清影何夷猶。銀河不忍落，爲我重淹留。

妾薄命

舞罷花疑怯，妝成月欲低。如何歌吹發，只在未央西。

上大方伯朱公

海內風塵正繹騷,司空締造擅賢勞。

飛芻已盡民間血,采木仍分塞下膏。

竭澤不容餘宿粒,漏卮誰惜等秋毫。

東南民力能存幾,前席遲君解鬱陶。

和方克孝霧中于役

曉霧嗟行役,搴幃觸暗塵。路平頻誤馬,迹近屢呼人。

寒野疑無樹,迷津定有濱。晦冥今滿眼,吾自識吾身。

【注】《邵武府志》載,李嗣元著有《息軒詩文集》四十卷,其所纂述者,若《元珠領異經史域外觀》,及其父李春熙《元居集》,又《無慮》數十卷,始李春熙官刑部郎時從秘府得李忠定公《梁溪集》錄以歸。李嗣元請於邑令左光先捐資刻之,自是忠定公集始行於郡邑。

何 貞 一首

字不毀,樵仲之子,邑庠,徙家邵武。篤行,工古歌詩,有《太白樓詩》《忘筌館近稿》。

至盱眙於馬上作

游子驅遠道,失路恣所之。清晨歷玄冰,日暮不遑栖。

十里無人煙,百里常苦饑。白楊生悲風,遠望正慘悽。

寒冬十二月,雪下侵人衣。征馬不能進,延頸向人嘶。

肢體如緶羸,歷歷無完軀。生時何不辰,罹此憂如縻。

涕泣委道傍,中心不勝悲。思欲返閭里,故鄉不可歸。

何其漁　二首

字樵仲。周元亮云:"樵仲詩有苦思,誦之音韻冷然。"著有《漁父篇》。

梅口待渡

野曠微風起白蘋,村居三里若比鄰。

江干風冷秋山暮,立盡殘陽無渡人。

碧簫洞

石橋宛轉竹檀欒,松露侵衣夜未乾。

三十六峰秋一色,碧雲吹出玉簫寒。

【注】《邵武府志》載,何其漁少學賈,游荆湖間,所至結客,輒折其貲,遂棄去。悉以其貲購未見書,歸而掩關,伏讀宵旦弗輟。年二十七遂以詩聞四方。四方騷人來謁者,每傾囊贈之,無所吝。年四十卒,其所著《漁父篇》,福州徐𤊹稱之。

謝兆申　一首

字耳伯,以諸生入北太學。游吳越江楚間,每出必載書數乘。文多離奇傲兀,自成一家。言詩則清暢,與湯臨川、錢虞山、鍾伯敬、潭友夏諸先生最善。後客死于麻城,諸友醵金追薦于雨花臺,有《耳伯集》傳世。按《竹垞詩話》稱其善交異人,購異書,摭異聞。自墳典丘索,經緯流略,稗官瑣語,靡不甄錄。交游既

23

廣，橐中裝半以傳佛，半以市書，有三十乘留僧舍，已散佚。予嘗入閩，購其手鈔《張伯雨詩》，與世所傳者迥別。惜乎三十乘者，悉蕩爲煙塵矣。

別意

我行且登舟，子莫徒離憂。眷眷戀我側，去去難久留。
嘆息成參辰，愁思不可抽。丈夫在四海，譬彼水浮舟。
聚散無定期，感子敘綢繆。

【注】謝兆申，字伯元，號耳伯，又號太弋山樵，明代邵武府建寧縣在城人，生於隆慶元年(1567)，卒於萬曆己未(1619)。萬曆貢生。藏書家，喜交異人、購異書，"生平無他嗜好，獨沉酣典籍。每出游擔簽累若，雖北走幽薊，猶載書盈車"，藏書五六萬卷。與當時江南著名藏書家錢謙益、焦竑、馮復京等，八閩曹學佺、徐𤊹、謝肇淛、黃居中等交好。徐𤊹《筆精》卷六《書城》云："予友邵武謝兆申好書，盡罄家貲而買墳籍……予與謝君極稱臭味交，謝君藏蓄幾盈五六萬卷，又多秘冊，合八郡一州，未有能勝之者。"謝肇淛《五雜俎》亦曰："今天下藏書之家，寥寥可數矣……士庶之家，無逾徐茂吳、胡元瑞及吾閩謝伯元者。"卒於建武，遺命葬於江西南城縣麻姑山之麓。徐𤊹《鰲峰集》卷二十《哭謝兆申》曰："托迹江湖無定居，一生精力爲耽書。命奇不售長楊賦，身死空回廣柳車。剩有文章傳海宇，但留靈爽在匡廬。楚魂漂泊招難返，九辯歌殘淚滿裾。"著有《謝耳伯詩集》八卷、《謝耳伯文集》十六卷、《古詩》一卷、《麻姑游草》。

康熙《建寧縣志》：

謝兆申，字耳伯，幼負異稟，家貧力學，及長，即泛濫百家言。

督學耿公定力奇其才，取入郡庠，即予餼。未幾，入太學，不第。乃浪游吳越燕楚間，遂以文詞雄海內。展齒所至，諸名輩皆折節下之，得贈數千金，悉以購書，其書分藏於名梵剎間，亡慮十餘萬卷，而匡廬所著猶多。初游吳中，還，輜重盈瓁，啟之，大半悉惠山泉、揚子江中水也。其父見之，怒曰："汝一人之腹所需，幾何綏溪清流，其可既乎？"盡爲擊破其甕，階砌之下可以泳魚。生平無他嗜好，獨沉酣典籍。每出游擔簽累若，雖北走幽薊，猶載書盈車。客有操奇字相過者，輒應聲曰：是出某書某卷第幾篇幾行，索之，毋弗得。其資性超曠，博洽強記，所爲文奇古奧澀，別成一家，讀者如睹先秦諸書，猝不能句。著作極其宏富，今所刻遺集僅二十四卷，字多偏舛，能讀者益鮮矣。素習蒽嶺家言，能窮其蘊，以故多與名僧游，客死建武，葬於麻源。同里戶部李公哭以詩曰："丹氣金鏡歲久湮，擁書萬卷更何人。奇文散逸知多少，留與名山泣鬼神。"蓋深嘆其文多湮沒，不能悉傳云。

何思魯　二首

字尊孔，號益謙，泰昌登極恩貢，授湖廣巴東縣尹。所著有《東山集》《信陵唱和草》。

荊南道中
龍山與鶴澤，王事日驅馳。烽火驚心問，瘡痍到地悲。
秋陰連古戍，夕照在荒陂。畏此簡書重，無緣讀斷碑。

軍帖催旁午，驚心誤乃公。一星行客戴，雙杵華門空。
馬首分殘夢，猿聲嘯晚風。何時征輓息，中澤集哀鴻。

何天寵　一首

　　字玄錫，號東臺，益謙第三子，縣廩生，有《偶言集》《楚中游草》。

宿巴山驛

　　天涯隨宦遠，客倦憩郵亭。夜月江猿嘯，秋墳鬼火青。
　　扉孤纏瘦荔，壁敗漏殘星。何處巴謳度，中宵酒乍醒。

黄　弼　一首

　　字君贊，同從子開先登崇禎六年鄉榜，兩中會副，由知縣升水部郎中。壯歲失偶不娶，諸生徒以女侍進，却不納。明鼎革肥遯，自號“退谷居士”。年九十，門人私諡“貞文先生”。詩稿散失，只存口號四句。

口號

　　闃寂秋樓曠，西山滿夕陽。所思不可極，天地付蒼茫。

　　【注】《邵武府志·人物·儒林》載，黄弼事繼母孝，推產與弟。崇禎間以恩貢入北監，舉順天鄉試，累官都水司郎中，致仕歸。年九十卒。

何洪源 一首

字濬流，改字默仙。居恒治氣養心，閉目靜坐。後以岐黃術游寓南昌。詩簡質清迥，多出世語，有《默仙詩集》。

贈知來上人止鐃山靜業

八十四峰靜，有無雲生滅。石巒壁千仞，流急瀑迴雪。
結屋近蒼翠，移蘿屏寒熱。誰親老僧歡，山空月高徹。

陳 贄 二首

字不盈，別號赤顏山人，安貧樂道，究心詩古文辭，以漢唐自命。嘗曰："修詞立其誠非爾，爾足當古人耶！"國變，棄諸生，浪迹吳越間。尤工書法，抉二王三昧，得一紙一筆者，寶如拱璧。所著有《陳子行吟》《大壺山藏稿》《濡滯篇》《省劍篇》《竹溪》《古柏》《還綏》諸集。書法有《千字文筆海》《蘭亭金針》。其子松，字蒼雪，亦以能書能詩名。

訪王非石

昨飲滯山齋，朝炊未及返。扣門訪山人，於此覺不遠。
積水漾虛亭，薄雲開疊巘。日高露欲晞，林葉光猶泫。
相對娓娓言，飯我脫粟飯。

陸航共若木諸上人夜坐

秋雨山煙薄，岧嶢霄漢間。細泉生夜壑，落木響空山。
鄉夢天涯杳，禪心塵坐閑。朝來新霽爽，應擬共躋攀。

余茂先　一首

字元谷,任江陰縣丞。

燕子磯

楊子江邊燕子飛,楊花片片點春衣。

磯頭風度潮痕合,浦口雲生樹色微。

六代繁華成逝水,一身寥落對斜暉。

已知此際腸堪斷,況復愁人從未歸。

趙文昌　四首

字景緯,邑廩生,淳質穎異,其於學務博綜,名臣大儒之言無弗錄,丘索子史之書無弗讀,緇衣黃冠之典靡不通,所作詩文皆超軼絕倫,誠天授非人力也。有《玉尺樓詩草》。

李忠定公祠

繚垣槲葉雨絲絲,五曲精盧傍水湄。

名世幾人爭間氣,青山不改護荒祠。

七旬宰相家何有,半壁朝廷事可知。

帝子游魂還朔漠,謾勞父老薦尊犧。

延津百角樓

傑閣橫江控上游,天南形勝此咽喉。

九峰積翠當空見,二水飛濤繞郭流。

今古何人還說劍,乾坤有客獨登樓。

霸圖王氣銷沉盡,臥聽漁歌起荻洲。

歐陽廣祐公祠

公,隋温陵太守,大業末,征還,舟過樵川,聞唐高祖立,耻事二姓,舉家投水中溺死。逆流上至大乾山麓,漁父拾而瘞之。後人因立廟墓右,宋封廣祐王。屢著靈異,凡祈夢者其應如響,今呼其山爲夢山。

太原公子勢縱橫,百折樵溪與石爭。

人世幾曾分夢覺,孤臣原自了平生。

山川大業蛟龍壯,將相凌煙竹帛輕。

壞土不消亡國恨,更將蕉鹿叩瑤清。

鳳山觀同蕭鍊師茶話

慶豐門外此仙壇,斜日山房落葉丹。

石笋迸穿秋草没,玉簫吹捲暮雲寒。

松間客至調黃鶴,月下人歸跨紫鸞。

隔寺一聲鐘未絶,天風吹響碧琅玕。

趙文昇　一首

字呈曦,文昌弟,順治辛卯歲貢,任建寧府學博。

署齋秋夜旅懷

尺書早寄遣山約,雞肋誰教滯異鄉。

孤燭客來閑説鬼,一官廡下類司香。

青衫酒醒秋如水,黃葉聲多夜有霜。

竹外寒煙煙外月,照人歸路夢茫茫。

丁之賢 十二首

字德舉,邑北隅布衣,爲詩高者出入唐初盛,次亦足當李崆峒、何大復後勁。明崇禎中,流寇起西北,棄家挾策入都門,客南司空邸第。欲獻書闕下言兵事,不果。至秦中,則短衣匹馬循賀蘭山出長城,訪求古戰陣營,壘日與朔方豪傑畫沙橫槊,爲擣賊巢計謀,甫合而自成。陷西安,破潼關,明社遂亡。脱身南下,有王將軍者贈一婢,小字海蠻,生一子。窮老無所聊賴,没之日殯殮皆出邑令檀光燦之力。遺稿散去,所刻止百餘首,合《朱布衣詩》刻之。

同趙彥章夜泊儀真

孤舟維壩上,風雨送殘陽。林豁秋摧葉,江喧夜聚航。
客衣驚墮露,漁火點橫塘。相對俱游子,懷思各一方。

混元庵

曲磴攀蘿上,晴霞拂畫欄。神芝生瓦角,仙犬吠雲端。
石氣侵雲濕,鐘聲落澗寒。道人有幽致,留客飯琅玕。

陪王將軍貞白春獵暖泉

塞上雪初消,兵雄馬氣驕。草深藏睡兔,泉暖浴盤雕。
獵響傳山谷,軍聲振海潮。不須愁日暮,野火趁風燒。

登潼關城樓呈衛紫岫太史

歇馬維芳樹,登樓雨正晴。河流當晉曲,山勢出秦平。
浪打關門險,沙浮驛路明。西京日多事,不見棄繻生。

西京懷古

河山四塞古神州，千載令人憶壯猷。
周室獨師姜尚父，漢家原重富民侯。
潼關東抱成金陡，灞水西來作御溝。
形勝不殊人事異，書生徒醉看吳鈎。

朔方送虞彥文從戎

霜華拂劍馬蕭蕭，衰柳號秋朔氣驕。
乍可三生逢杜牧，忍教萬里逐驃姚。
臨岐漫恨交游淺，別夜應憐夢寐遙。
白草黃雲迷大漠，不堪相送渡河橋。

五月聞砧

五月砧聲發，月明花院空。客心已搖落，不必待秋風。

九日社集馬金吾興之長嘯臺

萬木蕭疏秋氣深，層樓佳節試登臨。
沙兼白草侵天遠，樹擁遙岑帶霧沉。
短髮糸軍羞落帽，單衣游子怯聞砧。
中原豺虎方雲擾，不敢憑高望故林。

送潘貳師仲衡赴任仲衛

積雨初收草樹新，胡沙如練淨無塵。
憐君塞上還爲將，老我天涯只送人。
旗影拂雲紛鳥陣，甲光浮日動龍鱗。
不知緩帶設兵日，可有相思到隱淪。

31

玉璧秋風同薛明府賦

漠漠黃沙古戰場,幾家籬落隱斜陽。

孤鴻欲下西風急,寒雨瀟瀟入白楊。

夜泊洛馬河

風定蓼花閑,片月明秋水。漁火映楓林,宿鷺翩翩起。

旅懷寄吳澹巖

廿年歸客愧令威,骨肉凋傷事事非。

懷刺未逢鸚鵡賦,驅車空逐鷓鴣飛。

千秋肝膽雙龍劍,四海風塵一布衣。

聞道故人工草檄,遙令游子借光輝。

朱國漢　十一首

　　字爲章,晚自號獨醒居士,邑北楊林布衣。少孤,事母以孝聞。性卓犖,負大略,奮欲有所建立於時。會崇禎甲申變聞,狂走登故越王臺址,北向號慟,累日夜不休,鄉里人多竊笑之,不顧也。自是,悉棄所理舉業,託賈人以自晦。遇古忠臣名賢祠廟、墟墓,掬石泉、摘山花,俯伏拜奠,歌詩憑吊,寄託深遠。里居後,數以其贏餘爲德於鄉。其詩步趨在香山、劍南之間,而激昂凄婉,每每寫難狀之景如在目前,留不盡之意見於言外。其有合於風騷之遺意多矣。

舟泊彭澤縣有懷陶靖節先生

孤雲天際捲,片棹落帆斜。鳥下日將夕,湖平浪不花。

縣名仍典午,山色又元嘉。爲吊陶征士,村酤帶月賖。

丙辰楚中旅舍書懷

故國飛鴻絕,關河仗劍行。秋風吹塞馬,殺氣凜嚴城。
嶺徼猶擐甲,衡湘未洗兵。紛紛傳卜式,已拜漢公卿。

異姓西南長,遲遲仗鉞誅。六師殊轉戰,一老在湘湖。
雲暗飛鳶驛,天清落雁都。軍行有紀律,田野未荒蕪。

對菊

白髮耽蕭散,前塵是夢華。相逢天寶客,同看義熙花。
霜重香微度,風疏影故斜。素心正如此,何事過陶家。

舟過嚴子陵釣臺有懷謝皋羽

按宋《景濂先生謝翱傳》,嚴有子陵臺,孤絕千丈,時天凉風急,翱挾酒
以登設天祥主荒亭隅。再拜跪伏,酹畢,號而慟者。三復再拜起,悲思不
可遏。乃以竹如意作楚歌招之。歌闋,竹石俱碎。其後,故人方鳳、吳思
齊蒞翱子陵臺南,從翱志也。予感其事,舟行過此,得斷句詩三首,蓋以吊
翱,所生之不辰而又以慶子陵遭逢之幸也。

剩水殘山滿目塵,謝翱猶是宋遺民。
楚歌一曲荒臺殉,七里灘頭漲白蘋。

荒亭酹酒水雲昏,風急天凉嘯暮猿。
竹石碎時聲淚盡,至今猶有未招魂。

吳城張中丞祠

繡帳煙沉鐵面灰,中丞生氣尚崔嵬。
孤城百戰鼠雀盡,長笛一聲天地哀。
當日江淮資保障,至今號令肅風雷。
賀蘭未沒英雄死,滾滾波流恨不回。

金陵懷古

玉几金牀遺照懸,龍蟠虎踞舊山川。
宮槐月落烏啼夜,原樹春歸鶴化年。
十廟衣冠鍾阜雨,一盂麥飯孝陵煙。
白頭老監閑相問,細柳新蒲綠黯然。

岳武穆墓

森森宰木颯刀弓,葛嶺高墳夕照中。
白馬怒濤人其恨,黃龍痛飲事皆空。
風波詔獄成三字,朔漠羈魂哭兩宮。
從此君王無遠略,杭州花比汴州紅。

金山晚眺

獨騎鰲背俯晴空,拳石孤撐裏梵宮。
倚檻平臨春樹碧,拂衣斜點暮花紅。
煙霞滅沒三山外,江海蒼茫一氣中。
京口至今銷戰伐,水天漠漠數歸鴻。

漢武帝

蜚簾桂觀夜光寒,武帝求仙起露盤。
博得銅人心不死,垂將鉛淚到長安。

【注】《邵武府志》載,朱國漢於甲申之變後,歷吳、越、燕、趙、荊、豫,登金山得句,朗吟云:“煙霞滅沒三山外,江海蒼茫一氣中。”有貴人聞而擊節,欲與言詩,嘆曰:“吾賈人子,安知詩,偶有所記憶耳。”朱國漢五言尤極鍛鍊,與同邑丁之賢齊名,有《綏安二布衣詩鈔》。

何　松　一首

字木公，號梅溪，邑南長吉人。隨父默仙游南昌，遂寄籍補諸生。時郡廩欲攻之，一日，請集盡通姓字，隨即席，各贈一詩。天才敏異，眾皆驚嘆，攻者乃止。旋食餼，以詩文取重當事，著有《游草初集》《艾千子朱遂初喻瑤光諸先生序》。

候陳伯璣不至，至則余又他往，讀其澄懷閣賦集賦贈

西山雲氣清，吹作南樓雨。光照魚鳥情，思君如在古。

【注】《邵武府志》載，何松幼隨父默仙以岐黃術游南昌，遂寄籍補弟子員，旋食餼。以詩文取重當事，名公巨卿及西江十三郡人士交契焉。吉安大宗李維饒、瑞州孝廉吳麟子皆受業其門，刻有《游草初二集》行世。

寧　教　一首

字敦五，益府儀賓，鼎革後無所聊賴，日與緇流黃冠伍，視近世衣冠若將浼焉。所著有《青門詩草》。

月下有懷

美人今作雲，縹緲千峰外。心已度千峰，低頭明月在。

廖家鼎　一首

字塗山。

三山夜泛

碧水浸寒流,波光泛夜舟。星從天外落,山向海中浮。
雁陣驚前浦,漁歌度遠洲。遙憐故園菊,應似去年秋。

徐　輝　一首

字凱先。

游湖口山響樓

江邊停信宿,引望更登樓。山靜空傳響,風涼颯似秋。
春客隨雨出,天影入波流。身世俱無繫,蒼蒼恍十洲。

寧　崑　三首

字惟一,邑北安吉人。明末隱居白鹿山下,嘗自銘其杖曰:
"爾少壯尚未失足,寧至老而忽諸。"年九十有四卒。有《鶴山詩
稿》。

十六夜月

依舊清光在,何須較後先。不逢今夜缺,那見昨宵圓。
新魄殊堪惜,餘光倍可憐。盈虧天亦爾,世事我何權。

二十年不返故鄉重歸志感

不到故鄉久,歸來喬木刪。故人多白塚,後輩亦蒼顏。
俗以貧歸樸,農由荒得閑。喜聽惟澗水,仍是舊潺湲。

登天門望大江和子未先生韻

翠嶂凌霄鼓勇攀,潤州天塹亦雄關。
六朝事業東流水,千載風煙北固山。
僧寺半依紅樹外,客帆多在白雲間。
追陪試極登高目,作賦應知我是班。

建寧耆舊詩鈔卷二

董　潤藕船參訂
張際亮亨甫原輯　後學李雲誥華山續纂
何懋龍松亭校刊

目　录

陳恂 一首

字質夫,號弋山,順治戊子拔貢,授通判,改山西都司經歷,
著有《北游草》。

南康避風
左蠡山前浪似雪,南康城上月如鈎。
仰看五老青於黛,夜静西風到客舟。

陳愫 一首

字素心,順治辛卯舉人,任陝西咸陽知縣,歿祀鄉賢。

登清渭樓
蒼然彌望外,秋氣滿關中。落葉未央瓦,寒雲長信宮。
銅人辭漢月,石馬卧西風。俯首憐清渭,潺湲水自東。

王大智 一首

字若愚。

與陳質夫過訪九敘
印石浮孤嶼,疏櫺近普陀。江雲晴自遠,水月夜還多。
鳥爲銜花至,龍因問法過。故人來谷口,嵐氣繞巖阿。

聶 芳 二首

字桂侯,號魯庵,任江南廬州府巢縣縣尹,著有《巢湖留韻》
《存耕堂詩草》。

趨封船之役佇望巢湖

入湖塵網豁,彌望只蒼寒。水氣兼天濕,晴花帶霧看。
嶼明沙逼岸,澤竭釣移竿。徒有元真意,空傷沖舉難。

盱江有感

歌舞基空在,江聲慘斷魂。暗雲低度水,殘月靜移樽。
雉堞哀湍冷,陰房鬼火屯。祗深懷古意,敢作過秦論。

謝國傑 一首

字鍾嶽,順治甲午舉人,任山西襄陵知縣,襄陵人至今德之,
雖婦人兒子皆呼爲"謝菩薩",著有《襄陵未信稿》《歸田詩鈔》。

歲暮署中即事

鎖印俄驚歲月徂,高燒官燭淚成珠。
督郵不至容疏放,父老相安恕拙迂。
撿橐漸憐詩力減,看囊難償酒錢逋。
天南親串誰能到,看取潘郎鬢髮枯。

謝師儀　二首

　　字泰生,以邑廩生中康熙甲午副榜。自幼穎異,記性酷類張
睢陽,試輒冠軍,名公鉅卿聞風折節,著有《容園集》。

三山贈別莆友吳幼聞

十年潘鬢已成鬖,説劍重逢仔細論。
歸客不憐裘馬敝,故山猶有蕨薇存。
笳聲夜月悲千堞,海國烽煙哭幾村。
今日何人能鳳嘯,臨期珍重憶蘇門。

贈別翹姬

彩雲易散楚空臺,淚著梅花凍不開。
今夜凭欄看雁度,可憐明月爲誰來。

謝國樞　二首

　　字在紫,世居邑南隅青山巷。性忠孝,應康熙辛亥歲薦。甲
寅之變,耿藩威脅諸縉紳從逆,鮮有脱者。先生獨抗志不屈,卷
卷以母老婉拒,卒能侍養考終,不污僞命。癸亥除授順昌司訓,
整頓冗闈。生平熟諳歷代詩文派別,期頤猶事鉛槧,屬纊日賦二
絕句而逝,著有《青山別墅藏稿》。

同謝連若江衍靈登熙春山

霜角吹殘葉,蒼然天地秋。草荒蕭寺路,人倚夕陽樓。
西塔遺前迹,長虹卧遠舟。客中登眺處,易起暮雲愁。

絶筆詩 年八十八

刧末殘年悟夙因，多生幻泡總成塵。

精魂不壞歸何處，只有青山與白雲。

【注】原刻本於末句後有一"我"字，應爲衍字。

陳大儀　二首

　　字六子，號劬庵，應康熙癸丑歲薦。博學篤行，尤好汲引後學，道德文章久爲士大夫推重，殁祀鄉賢。著有《書稼堂文集》《奇門外書》。

皖江舟中風雨驟至

狂雨來何疾，江心一葉危。帆欹風力怒，石激浪花移。

掣電驚龍窟，奔雷墮雁陂。茫茫煙水際，寂寞有誰知。

從雷尖抵囷關

薄暮舟行急，林煙逐浪飛。櫓聲雄夏月，花氣冷侵衣。

夜静漁燈亂，山高宿鳥稀。關門猶未掩，斜捲夕陽微。

廖必亨　一首

　　字獻之，號咸庵，以高才食餼，中丁酉副榜，康熙庚申補科正榜，謁選知縣，卒於道。性孝友，事繼母范如其所生，家故貧，稍贏即推以佐其伯兄家。年二十，抗顔爲經師，區明訓詁，鏃礪行誼，不少假易，好獎進後輩，單詞片語，經賞不置口。著有《拾餘

草》《樓居集》。

樓居坐月

約略看秋月，秋心一片同。流亡頹屋裏，戎馬暮笳中。
木落清輝苦，灘危素影空。登樓望不極，野火青濛濛。

鄢國光 一首

字覲侯，富田堡人，康熙庚申副貢，由教習考授州同，改教諭。

北上早行

雞聲催客曉星殘，霧氣侵衣半未乾。
攬轡仍將鄉夢續，夢回紅日照征鞍。

李開棟 一首

字東木，著有《東山集》。

登小姑山

孤嶼千尋峙，中流何壯哉。襟收吳楚合，槎溯斗牛開。
雪浪煙中起，風帆天際來。滄桑經幾變，倚劍莫徘徊。

謝鍾南 一首

字式申。

改歲朔五日游水月觀同柳村石村
幽賞竟日值大惟我峰適至

花塢春城外，晴開古寺門。橋通梅欲放，竹引鳥初喧。
臨水空中相，登山畫裏村。尋芳添勝友，談笑及黃昏。

陳松　一首

字蒼雪，著有《金鏡詩集》。

望湖亭

湖光吹不盡，終日抱孤亭。風雨有離合，東西長杳冥。
楚雲飛遠白，吳岫逼空青。一片鴻濛氣，匡君倚翠屏。

何梅　十三首

字雪芳，邑北渠村人，康熙丙子舉人，官建陽教諭。貌癯，眇
一目，時稱"何眇子"。嘗督修朱子墓，立謝疊山先生賣卜碑於朝
天橋側。爲詩風調秀雅，有《江村集》。

謝疊山先生賣卜處

厓山崩奔颶風起，十萬樓船翻海底。
三百餘年養士恩，宋室孤臣欠一死。
高堂有母九十餘，骨肉凋喪心躊躇。
淒涼半夜啼烏曲，慷慨千年却聘書。
剩水殘山張網罟，周京裸將殷士辱。
潛蹤獨捲君平簾，握粟爭趨伯鸞廡。

45

潭山峨峨潭水澌，征車一去無還期。

兵死餓死等死耳，但有先後無差池。

我來繫馬斷橋下，遺廟不留一片瓦。

廉頑立懦百世師，清風勁節雙溪瀉。

七尺豐碑處士名，過客誰無忠孝情。

江空月落魂來去，髣髴猶聞擲卦聲。

讀戰國策 三首

仲連本齊人，知有齊人耳。當其東西爭，秦帝齊則恥。

白起壓邯鄲，舉趙如敝屣。自非信陵君，何益東海死。

煌煌春王書，尚有周天子。辛垣庸懦夫，折之當以此。

教人作不忠，復射聊城矢。卓哉燕將心，東游良不齒。

一作"特見足千古"。

我讀猿公書，殺人斷所愛。荊卿兒女姿，其志本細碎。

寶馬與美人，戀戀有餘態。易水白衣冠，一送不復再。

如何督亢圖，生劫學曹沫。所俱客不來，無乃恥爲倅。

惜哉劍術疏，勾踐昔所慨。

古來大忍人，其心實不忍。范蠡對王孫，迫人抑何窘。

功成由婦人，其事亦足哂。殺之以成名，庶幾謝不敏。

如何沼吳歸，一舸載雲鬢。月明舞衣殘，風急去帆緊。

狐死狗則烹，弓藏鳥已盡。持此告烏喙，五湖煙雨泯。

重九後二日,偶得名酒,獨酌成酣,散步上平遠、鄰霄二臺,
遍歷諸塔院。抵暮,循津樓門還,寓已張燈矣。秋風涼夜,久
客無聊,和衣假寐。枕上得長句七律,起而錄之。陳子昂云:
"念天地之悠悠,獨愴然而涕下。"未免有情,亦復誰能遣此

　　楓葉蕭蕭下夕陽,獨騎鰲背俯滄浪。
　　雲中赤鯉仙人馭,江上青螺帝女筐。
　　佳節肯教容易擲,酒杯無耐旅愁長。
　　青山一角寒雲外,憶煞黃洲舊草堂。

　　縹渺蓬山控大荒,天風吹冷薜蘿裳。
　　暮霞綺散榕陰紫,落木秋高海氣黃。
　　花蕊宮詞留斷碣,水晶簾幙閟僧房。
　　九龍帳爐歸郎死,不信溫柔別有鄉。

　　榕樹陰陰柿葉黃,崢嶸雙塔拄蒼蒼。
　　仙人壇在空秋草,霸國臺荒但夕陽。
　　海上鮫珠原是淚,客中蓬鬢轉多霜。
　　年時記得經游處,彈指饞齟鼠壞牆。

　　雲樹蒼茫古釣臺,王家宮殿亦蒿萊。
　　青衫淚落人俱去,黃菊詩成雨正催。
　　鰲背平臨雙塔矗,虎頭橫障百川迴。
　　暮潮一片翻秋雪,疑是三郎白馬來。

黃洲桃花行

婪尾燈殘街鼓卸，曉日融融珠網射。

雪消冰釋春水波，傾城艤舟江亭下。

江亭對岸城東頭，高樓晨捲珊瑚鈎。

雛鶯在樹聲恰恰，刹竿初地凌滄洲。

溪山第一今非故，<small>江月渡頭舊有溪山第一樓，今圯。</small>

行人指點翩翩墓。<small>明詩妓景翩翩墓在天妃官側。</small>

紅粉千年恨不消，芳魂幻作桃花樹。

桃花多處説吳園，夾道香塵步屧痕。

莊武祠前人似蟻，青雲樓下錦爲墩。

連岡直擬河陽縣，照水無限春風面。

到來頓使心目搖，瞥見頗覺神情眩。

如登丹闕度絳宮，美人酡顔光朦朧。

又如昔日杜陵曲，楊家五姨車鬥風。

淺深疏密皆有致，縱橫欹側紛呈媚。

密房羽客去還來，畫衣蛺蝶飛復墜。

是日天氣清且和，氍毹雜坐分曹歌。

玉簫金管誰家子，豪飲倒盡金叵羅。

道旁夾植千枝李，紅霞不斷白霞起。

緋縠輕籠碧玉肌，縞衣半染胭脂水。

回首斜陽芳草芊，一覺繁華夢惘然。

搖鞭不語背花去，空江漠漠生寒煙。

望接笋峰不得上

入洞疑無路，虛無接笋梢。鈎梯仙鬼判，鐵索死生交。

人影猱升木，僧寮鶴架巢。那能乘羽化，絕頂共誅茅。

三山歸舟雜咏十二首 選二

落日南風健，孤帆正棹痕。魚蝦仍上市，欖橘各成村。
薄俗儒官賤，荒關権吏尊。篛篷猶未卸，邏卒踏船翻。

閩溪不可上，上若上青天。纜向峰頭挽，舟從石罅穿。
晴空排虎刺，急瀨吐蛟涎。賦命真窮薄，頻年去復旋。

文君

當鑪閑殺遠山春，夫壻無端渴病親。
總爲琴心容易許，白頭莫怨茂陵人。

【注】《邵武府志》載，何梅，號江村，康熙丙子舉於鄉，屢躓公
車，遂絕意進取，肆力於詩。晚而益工《詩品》，在北宋諸子間，其
清深和暢猶唐賢家法也。年七十卒。崇祀鄉賢。何梅之詩可參
見《瀧溪四家詩鈔》。

李榮芳　四首

字桂馨，號蘭亭，邑北巧洋義士，世昇長子，康熙辛卯舉人，
素邃濂洛之學，非禮不動。推轂後進，一言之佳，口不置發。爲
詩優柔平中，得唐賢遺意，有《鏡齋集》。

月夜

溪光本澄澈，復此中宵月。寒漪媚圻篠，清輝散林樾。
遙村看欲無，孤嶼淡將没。髣髴凌波人，肌膚艷冰雪。
淑美洵可怡，邀之雙玉玦。斯靈懼我欺，臨風寄愁絕。

幽人愛良夜,宵分未忍眠。曳步臨前溪,皎月麗中天。
水木凝清華,金膏皓澄鮮。晞髪光氣下,微吟風露前。
景物既佳曠,性情亦蕭然。何時乘羽化,謝却區中緣。

卜肆行

禡牙慘澹招搖旗,震天輇輘雷鼓隨。
皋亭蠹擁萬貔虎,伯顏瞋目方誓師。
臨安一夕王氣死,飲馬不足西湖水。
真州信州俱可憐,文山疊山兩男子。
丞相柴市節不撓,何事唐山猶遁逃。
親年九十未敢死,遂來賣卜朝天橋。
嗚呼處士節獨苦,走向橋邊覓祠宇。
龍拏虎攫足千秋,誰與纍臣争此土?
廣文先生富文采,濡毫刻石殊魁壘。
懷古高歌雅自雄,繼聲況有神明宰。
邀我題詩一慨然,耐可先生無俸錢。
何當壽爾黃金百,突兀祠堂在眼前。

薄暮登怡雲山房

策杖捫蘿碧四圍,蕭森何處覓荊扉。
竹中人語茶煙起,松外馬翻夕照微。
最喜濃陰全覆座,不妨薄靄晚侵衣。
披襟舍北還高卧,枕簟涼生未忍歸。

【注】《邵武府志》載,李榮芳素承父教,喜讀宋儒書。其子爲
李俊。

50

李榮英　一首

字尊侯，世昇季子，康熙辛卯武舉人。博學穎異，抱大志，慕傅介子、張騫之爲人，儒釋家書，皆暗誦，不遺一字。所作不自顧惜，兄子俊拾其遺付梓，名《白雲集》。

有贈

錦衣公子出燕臺，揮袂風生九野開。
百萬呼盧紅燭院，十千沽酒夜光杯。
美人歌館調鸚去，俠少毬場并馬回。
慷慨請纓男子事，邊庭此日正須才。

楊應翰　二首

字淑張，號耐庵，在城人，康熙甲午副榜。有《寄廬草》《澹居詩文集》，尤西堂曾序之。

淮上净土庵

幽光逼岸色，叢柳小珠林。庵外水空合，鷗邊磬欲沉。
翠苔搖佛頂，紫菊養秋心。禪意因游得，清香聞妙音。

寓證果寺有感

寥落空嗟行路難，日斜吟冷萬峰丹。
無家失意逢山好，多病栖身向佛安。
剩有羈愁猶躑躅，追來人事亦辛酸。
離離尚綻牆東菊，似較衰顏覺未殘。

袁一先　二首

字我峰,本姓何,玄錫之孫,邑水東人,歲貢生,兼能書畫,名重一邑,有《香谷集》。

游甘露巖

何年扶一木,高聳結層臺。樓向空中出,人從樹杪來。
飛泉時作雨,古佛石爲胎。村月孤峰外,侵牀夜半開。

游寶盖巖次鄒文靖公韻

十載曾游宿,重來續舊盟。與雲分洞入,隨鳥傍空行。
磬落花無語,林疏葉有聲。老僧閑補衲,何事説無生。

朱　霞　五首

字天錦,邑北楊林庠貢生,以子仕琪貴,贈文林郎,有《曲廬詩鈔》。

春杪過靈應峰

古寺出孤峰,煙雲嶺半封。閑穿幾兩屐,來看六朝松。
逕側鶖春草,蔬香摘晚菘。悠然無限意,傍晚數聲鍾。

松谷雜咏

掃地焚香外,山居日掩扉。墾陰分竹密,林静墮花稀。
屧響魚驚餌,階閑鳥忘機。吾生須養拙,舍此更安歸。

地僻少人至，青青逕没苔。種花時看歷，邀月夜傳杯。
讀史知興廢，尋僧話去來。新聞都不省，甘老此山隈。

散步支餘倦，行行對夕曛。松洲虛籟起，竹梘細泉分。
坐石衣勾蔓，尋苓鐘破雲。消閑復何事，歸讀北山文。

蘿壁絺衣掛，山深暑尚寒。分燈兒夜讀，菽黍母晨餐。
長使青氈舊，應辭白髮攢。素心誰與語，望古有餘歡。

朱雲　三首

字謙山，邑北楊林諸生，有《藕居詩稿》。

村居

江村長夏好孤居，百畝秧針綠盡舒。
妻解乘天醃木果，儿知弄水捉谿魚。
輕風竹塢渾忘扇，細雨花畦偶荷鋤。
彈鋏朱門殊少味，任人指摘自軒渠。

毛髮初衰厭覽書，清齋枯坐意邃邃。
蜘蛛謀食先營網，螻蟻知泉自徙居。
花似錦紅長自落，草如袍綠不曾除。
四山嵐氣窗前滿，恰稱南山舊敝廬。

漁家

渺渺煙波一望迷，扁舟如葉任東西。
簪花少婦搖船去，驚起沙禽恰恰啼。

朱燿　三首

字漢輝,邑北黄溪武庠生,負才好古,著《莊屈合序》,深《左氏春秋》《小戴禮記》,工爲楚詞,教二子雕、仕静,以文行名,有《怡庵詩集》。

戲書盆中蓮葉
大小理難齊,到處天真足。生長濁泥中,志潔身不辱。
碧葉蔭數尺,瑶花香斷續。膏雨不我遺,好風不相屬。
苟能自條達,何須傷踦促。

夜登明遠臺憶族兄謙山
高松一百丈,影壓碧溪涯。孤塔送寒磬,遠山餘落霞。
漁燈幾點出,宿鷺一行斜。遥想雲峰士,清醪戴月睞。

次羅浮湯綏韻
迂疏俗所棄,到處希逢迎。對月影爲伴,問山松起聲。
惟君林壑性,契我沙鷗情。會當別親愛,采藥相携行。

吴游　一首

字士林,號學南,邑北渠村增生。工書法,年過七十,有《宛亭詩集》。

吊畫綱巾先生墓

主僕同壞土，酸風吹白楊。裸屍埋逆旅，留髮見高皇。
浩氣耿中夜，浮名付大荒。他年考軼事，史冊播餘芳。

張鵬翔　一首

字伯良，邑西癸羊太學生，有《健亭遺稿》，二子可權、虛舟皆
能詩。

秋夜不寐

溪頭流水響，到枕夢難成。爲憶十年事，因之百感生。
蕭蕭庭葉落，瀝瀝塞鴻征。醒眼何曾睡，秋聲徹夜并。

陳　風　五首

字巽來，邑北藍田石溪諸生，有《籟堂詩鈔》。

山中雜咏

梅塢

積雪蔽荒蹊，水邊微有路。斷續山風來，暗香時欲度。

桃蹊

暖風盪清溪，花開了無語。何處有漁人，游蜂自來去。

晚歸

倦翩孤禽寂不喧，長林猶曳暮煙痕。
山人恰逐樵夫返，半崦茅莊月到門。

過漁家

長溪流水泛桃花，蘆荻青青護釣楂。

一逕板橋村路近，鮆魚風起夕陽斜。

歸省山

天闊落日遥，層巒紛暮色。澗水雜風聲，渺渺響林北。

山行興夷猶，言歸既有得。遠火見前村，原上眺人息。

寂寞掩柴關，獨坐契元默。却待孤月來，徘徊情何極。

董騰蛟　一首

字蘭若，邑北藍田排前人。少讀書，留心詞藻，不樂爲舉子業。康熙庚子游京師，得供事職，棄而歸隱，携三子往袁州萬載縣，卜築觀音洞而家焉。有《彙典》二十卷，《應酬詩》二集，凡郡邑名宿薦紳咸附之。

曉過蘆溝橋

曉月蘆溝一雁飛，還山心與出山違。

黑貂裘敝黄金盡，赢得新霜兩鬢歸。

建寧耆舊詩鈔卷三

董　潤藕船參訂

張際亮亨甫原輯　後學李雲誥華山續纂

謝文藻彥甫校刊

目　录

余敏紳　五首

　　敏紳，字張佩，在城人。康熙乙未聯捷進士，觀政禮部。丁母艱，歸哀毀，卒。沈宗伯歸愚序其詩，稱所作研鍊有天趣，著有《韋齋詩集》。

偶言

　　碧雲飛盡天如卵，沉沉晝漏蓮花短。
　　前溪怕見鯉魚風，去歲機紗此時斷。
　　香消釧冷枕空橫，雁柱斜排十二絃。
　　絃間指上精靈聚，惝怳花間淚如雨。
　　湘裙帖帖卧秋煙，梨花寒食誰爲主。
　　山頭一片望夫魂，石作心肝與千古。
　　地老天荒有剩愁，埋盡情人三尺土。

十二月初三夜

　　貧甚寒難忍，其如此夜何。孤燈花欲暗，久客夢偏多。
　　腳冷愁霜重，心虛怯雁過。爲誰成獨宿，端的爲名魔。

漫興

　　飄忽風前絮，誰憐去住身。客中重作客，春盡不知春。
　　窗受三更月，心空一點塵。病餘聞脉理，静檢藥君臣。

家書至速歸不知其不能歸也作此自遣

　　蕭蕭寒葉亂殘紅，潘鬢無心怨不公。
　　世路只消千日醉，家書不猒百回封。

58

秋風老去人誰北，冀馬空來我亦東。

顧況那須憐白傳，長安居易賴東風。

偶成

徑到沉酣處，相忘是兩身。從來情至者，必竟是才人。

連青　二十二首

字柳村，號東山，在城人。康熙辛酉副榜，官至工部主事，著
有《詩經擁篲》《愧齋詩文集》。其孫必琪，遷客坊縣，志孝行。

從軍行

束髮懷遠略，誓報官家恩。一朝羽檄下，中心憂如焚。

援劍赴燉煌，明月懸高天。親朋白衣冠，送我城東門。

和歌各慷慨，觀者淚潺潺。具此七尺軀，蒼昊豈徒然。

生當縛突厥，死當埋祁連。

紫雲溪溪在邵郡城北

清溪搖演橫北郭，九曲樵嵐寒漠漠。

流鶯啼過萬松洲，楊柳東風散籬落。

輕舟上下春茫茫，亂雲倚壁吹青蒼。

越王烏坂今何處，盡日波聲催夕陽。

石笋行

昔有仙人騎鶴還，耕煙種草鳳栖山。

一夜霹靂龍虎死，太虛忽峙雙石之巉岏。

世間石笋亦常有，此言應在然疑間。

只今鳳去臺荒人不見，玉簫聲渺白雲寒。

秋風老矣木葉删，苔痕雨色爭斑斕。

黄庭諷罷道人笑，是石青瘦頗不頑。

位置此中亦宜爾，莫教壯士棄擲如等閑。

我聞天外三峰巨靈迹，孤掌平將混沌劈。

山川從茲多神怪，嶄然幻出蒼崖與絶壁。

綏城之西石笋出，修莖雙立秋風寂。

豈爲二華之儿孫，亦能撑煙破雲森寒碧。

牛羊古道落日黄，蕭蕭見汝在荆棘。

叩之有聲獨鏗轄，樵夫牧竪那得識？

雙忠祠下葉紛紛，千秋與汝同朝昏。

此中部署亦天意，除却孤臣介士爾誰尊？

山麓有祠祀張巡許遠。

洋背春煙

千山萬山吹寒碧，平原漠漠東風直。

青山浮動石罅開，并入江城作春色。

潘家橋下水西流，吳家灣裏成荒丘。

晚林鬼嘯波聲咽，煙影斜陽半明滅。

何潭秋月

何山木落秋煙洩，何潭石老秋風咽。

葭蒼露白暮鴉啼，一片波聲宿明月。

七星斜掛蓼花洲，玄霜夜搗蛟龍愁。

素女不眠倚花立，桂子紛紛寒兔濕。

元夕篇

城東橋下春水明，城東橋上春風輕。
春風吹向誰家去，半入紅樓簫鼓聲。
琉璃圍屏高七尺，拳毛獅子霜蹄疾。
赤城霞起銀交關，瑤草香吹金屈膝。
青蔥斜掛三眠柳，檀郎謝女往來走。
笑殺鑿空博望侯，偃師十步一回首。
少焉青帝騎龍來，羽葆翠蓋盈春臺。
千門浪擊海聲立，萬簇花明燭影迴。
電掣風馳忽不見，半捲湘簾春一片。
前有墮珥後遺簪，蘅澤微聞隔深院。
櫻桃婉孌不知愁，箏排雁柱坐上頭。
七十鴛鴦指上出，兩旁拍手唱梁州。
倚歌人覺春光早，聽歌人怕春光老。
脉脉相逢各有思，傷心玉樹知多少。
清漏沉沉侵瑤瑟，斑騅去矣芳塵歇。
天街燈影半明滅，獨倚藥欄眠不得，
不覺長廊已無月。

王雪仙招同諸子集陶園分得短歌行

酒不必程鄉，長鯨一飲三百觴。
園不必金谷，盆花架石書千軸。
王郎意氣殊不群，折柬相招坐白雲。
掀髯捉臂忽狂叫，黃金結客徒紛紛。
長歌短歌為君起，我行驅車走萬里。
出門肝膽向誰是，徬徨睇視二三子，
他日相逢吾老矣。

徐州渡黃河

天際驚濤落,奔流去不回。孤城依岸立,匹馬渡河來。
地勢分南北,人煙歷盛衰。滔滔何日已,倚劍獨徘徊。

寶應湖

秋老一湖煙,蒼蒼望渺然。孤帆開白葦,遠樹接青天。
雁落揚州月,人歸泗水船。客心何處寄?鐵笛晚風前。

大源石

八十四峰西,橫橋散馬蹄。濤聲爭一石,兩色壯三溪。
歲月青楓老,亭皋碧草齊。春風誰共語?只有鷓鴣啼。

舟發彝陵

萬里自今日,東風鼓枻行。孤雲生鷁首,兩槳過猿聲。
灘入黃陵廟,天低白帝城。爲郎笑頭白,況乃賦西征。

舟泊巫峽

沙淺瀨娟娟,鳴鉦此繫船。白鹽飛宿雨,赤甲走炊煙。
客夢江天迥,鴉聲峽月圓。巫雲十二點,一半柁樓前。

望黃鶴樓

一雁青冥破,遙遙見此樓。天風吹日夜,江月照沉浮。
我欲乘雲去,誰同秉燭游?探奇真有命,六日臥扁舟。

小孤山

蕭蕭蘆荻雁聲殘,秋入平湖畫裏看。
八月煙波孤嶂小,九江風雨一帆寒。
天涯作客驚霜鬢,漁浦何人老釣竿。
我憶匡廬登斷壁,十年清夢負長安。

長溪鄭兼山招同華陽鄧久載明溪蕭能人
劍水謝徽伯三山蔡推公宴集衙齋

十年別去驚華髮，千里重來揖講庭。時兼山任華陽廣文。

海內文章都拓落，天涯兄弟半凋零。酉科同年化爲異物者十餘人。

笛吹馬帳朝雲白，簾捲獅峰暮雨青。

豈有相逢不沉醉，悠悠作客爲誰醒？

仝式申玠如宣子望金鐃殘雪

太弋雪後寒壓城，捲簾忽放春山晴。

皚皚白日森不動，絮絮凍雲歆復乎？

千崖插天燭龍照，獨樹猗檐饑鶴鳴。

梁門已矣馬卿老，抽思欲賦無限情。

相如宅

搖落賷郎賦遂初，家徒四壁意何如？

犢褌便足稱名士，狗監奚煩薦子虛。

酒肆花飛春自老，琴臺人去月來疏。

不應天上凌雲筆，化作塵中封禪書。

憶玉

知儂新病酒，猶自索儂歌。不惜儂歌苦，秋風可奈何？

寄玉雪仙

風雨故人去，關河驛使遲。可憐春草綠，仍似送行時。

鳩茲五日擬竹枝詞

釵飛蝴蝶鬢堆鴉，背立江樓落日斜。

忽捲湘簾偷半面，滿船齊唱海棠花。

63

少年行

二十男儿馬上豪，錦韉珠勒越羅袍。

吴姬酒肆半相識，笑解腰間金錯刀。

謝 莘 二首

字耕來，在城人，雍正元年進士，歷官工部司郎中。所至有
惠政，後以事改博野縣，遂請老歸。善星相、堪輿術，多奇驗。嘗
分房以相法，衡文取士，官至二、三品。年八十二卒，有《伊盧
集》。

晚眺

片月早當戶，斜陽猶滿山。秋看紅葉冷，興與白雲閑。

風定亂帆落，林喧飛鳥還。何時載樽酒，翠嶂共躋攀。

謁隆中草廬

山環水遠躬耕地，梁父吟成抱膝時。

陵谷未移三顧路，風雲猶憶五原師。

使君得水孫曹忌，王佐論才管樂卑。

運盡赤符撐鼎足，草廬臣主尚同祠。

劉風起 二首

字蘭村，一字興叔，邑北安寅洋田人。雍正癸卯恩科拔貢，
京試得教習，不赴任。年七十九。著《四書辨義》,《春秋辨義》
《石溪史話》,《大小題文稿》，詩草、詩餘等集。

春興

春日宜晴霽，朝暾驀入廊。梅醒香浸榻，竹起綠依堂。
積卷呼僮曬，餘寒仗火當。誰憐卧雪者？饋米到山莊。

暮春春雨後，佳致滿溪山。淺草封樵徑，輕煙幕水灣。
掃花銷永晝，覓句破餘閑。風浴當年樂，悠然胸次間。

【注】《邵武府志》載，劉風起字"蘭材"。

朱肇璜　三首

字渭師，更字待濱，邑北楊林庠貢生，雍正末舉介賓。嘗買
妾求子，詰知有夫，即禮還其家而不索值。父母歿，廬墓六年。
素爲祖所愛，嘗夜命秉燭窖千金，家人無知者。祖歿，盡發所藏
分昆弟。有《槎亭詩鈔》。

過老友某宅席間尚作志在千里之感因賦此慰之

憕懷冰雪興蕭疏，滿隝煙雲足自娛。
數去神仙少富貴，由來名士半樵漁。
白沙谷口時舒嘯，黃葉林中静著書。
莫羨長安裘馬客，塵忙野逸較誰輸。

咏海錯西施舌

芳名留自苧蘿村，骨化煙波冷艷魂。
羅綺刼灰三寸在，越吳幻泡一尖存。
月明赤水吹金縷，霞起珠江唾血痕。
須信物柔終不敝，至今還得佐清樽。

秋夜讀書雲谷作

青山排闥來，老樹空庭起。散髮把道書，永日當晤語。
所解不甚真，草草得妙理。颯然清風至，涼思入肺腑。
石堦滿流泉，茗爐響新水。鄙哉塵土姿，此境棄不取。
吾寧愛吾廬，下簾看煙雨。

徐　苟　三首

邑諸生，與李橀園俊爲至交，有《香祖詩鈔》。

秋原即事

秋氣日以清，秋原一何遠。渺渺黃葉村，鴉飛夕陽晚。

秋日溪行

水闊雲多變態殊，長洲極目隱菰蘆。
絲絲一片西風雨，隔浦人家半有無。

溪行

沿溪深復深，躡屐游未遍。盡日不逢人，水禽時一囀。
淡雲起魚鱗，影向溪中見。持此問宣城，何似澄江練？

徐時作　二首

字鄰侯，號筠亭，在城人。乾隆辛未聯捷進士，歷官開、滄二
州。年未艾，告養歸悼。邑中科第之衰與同志創建書院，倡捐田
租，資鄉會試者。好刻古名人書籍，樂善不倦，有《崇本山堂集》。

66

憶鳳山寺

蕭蕭松竹冷，斜日落西林。鳳鳥何年去，僧房此地深。
天花開佛座，石磬淨禪心。誰向幽栖處？閑聽梵唄音。

閑居

閑居觀衆妙，詩思動花前。小犬迎人吠，癡童傍柱眠。
盆蘭清日色，籬菊淡秋煙。茶熟嘗佳味，飄飄意欲仙。

【注】此處稱徐時作爲“乾隆辛未（1751）聯捷進士”。《晚晴
簃詩匯》《近代中國史料叢刊續輯·明清進士題名録索引》《明清
進士録》《明清進士題名録》《福建省舊方志綜録》《清人文集別
録》《清人詩文集總目提要》等均題其中進士時間爲雍正丁未
（1727），兩者相差二十幾年。徐時作《崇本山堂詩文集》卷五《年
譜自序》曰：“計余年廿三爲諸生，至三十一歲午未聯捷。”可知徐
時作三十一歲中進士，即雍正丁未（1727）。除了徐時作自訂年
譜以外，他人爲徐時作所作墓志銘、行狀等亦記録爲雍正丁未
（1727），如長洲彭啓豐《皇清誥授奉直大夫滄州知州徐君墓志
銘》：“建寧筠亭徐君與予爲鄉會同年友……（徐時作）雍正四年
舉於鄉，明年成進士。”新城魯九皐《皇清賜同進士出身直隸天津
府滄州知州徐公行狀》：“公諱時作，字鄰侯，號筠亭……雍正丙
午舉於鄉，明年成進士。”由此可以認定徐時作乃是雍正五年進
士，《建寧耆舊詩鈔》所載有誤。其生平事迹亦見于《邵武府志·
人物·宦績》。

黄　度　二首

字于叔,號馨谷,邑北廬田歲貢生,官閩縣訓導。於乾隆丙辰丁巳年間,辟博學鴻詞,不就。有《于山晚翠集》。

晨起

晨起忽長嘆,欠伸倚北欄。空庭明薄旭,虛牖散輕寒。

學道胡不早,謝身亦苟安。低徊十載事,昨夜夢猶殘。

夜半過露筋祠

黃霧籠沙岸,湖天未曉時。半輪山月冷,剛落露筋祠。

【注】《邵武府志》載,黃度夜過露筋祠,有詩句云:"空庭明薄旭,虛牖散輕寒"。

陳國金　一首

字玉章,邑北藍田人。乾隆間舉鄉賓,有《葛懷詩稿》。

小溪橋

澗落春泉雪乍消,新桃臨水拂晴橈。

迴流似惜飛花片,帶得輕紅過小橋。

吳琨　一首

字荊石,邑北安寅諸生。

秋月有懷

秋月動相思，思深銀海濕。蛩聲隔樹聞，竹影循窗入。

碧漢斜界橫，玉繩垂閃熠。所歡遠別離，空對孤蟾立。

楊寬嶟　二首

號虹臺，邑東楚溪廩生，年三十餘失明卒。

百花洲感賦寧王別苑尚存

丹碧亭臺尚未傾，一洲還擅百花名。

魚梁水氣僧寮淡，雉堞雲痕鬼火明。

今古不堪渾作夢，興亡未免稍關情。

東湖湖上前朝樹，曾見王孫舊旆旌。

步月

疏籬飛白入，仄徑倚青過。眯眼樹陰亂，滿身花影多。

微涼侵布襪，佳興蹴金波。欲捉吳剛問，宵宵有月麽。

朱　齢　七首

字和鳴，號鼎堂，邑北楊林歲貢生。天姿絕人，所居焚香擁卷，齋莊沖寂。與族兄梅崖相礪爲古文，著有詩、古文集，未刻。

始興汀口歲暮_{以杜句四十明朝過爲韻}

元和吹自萬,平分著已四。息老合物報,敷天氣色遂。
客子無良辰,暮節有舟次。眷徂何草草,念獨還契契。
徘徊孤光歇,漣然下涕淚。

涕淚夜已分,寒燈留餘曄。幽獨倚宵寂,悲端出長峽。
愚慮得無一,拙計利不十。往者良難持,懷哉何所集。
撫枕聊爲愒,汀風迺獵獵。

風迺不能瘳,長晦苦難明。天外聆違鳥,舳末瞰簪星。
喪懷無依倚,迷方孰勸懲。年逝略如棄,歲來能幾成。
虛計西歸日,何以制餘生?

餘生亦何爲?聞道貴一朝。倦念端木騎,甘操顏氏瓢。
但恐歲不與,無俾殖自凋。興玩物多蔽,慘澹節所昭。
此夜心神寂,已能忘虛憍。

虛憍信可忘,刻意亦奈何。先人強不祿,脆蹙愧負荷。
孔懷傷棠棣,棟橈惕大過。神理將日微,悲辛還暫挫。
輾轉不知曙,猿鳴新陽播。

責子

玉礦光衆卉,璇源澤其涯。人生而有學,充蘊氣自佳。
智者爲增美,愚者混沌開。用防富貴淫,亦免貧賤咍。
立身實恃此,賁園猶外來。伊余本頑疏,至老或崔隤。
生子謂勝我,騂角父賤犁。豈知況愈下,更與薄德乖。

充耳格貞訓，誦讀即癏階。算齒已成童，飽食無餘裁。
未定爾他日，流落其能迴。冥行險巇路，不辨東與西。
禮義爲何物，誰當指其迷？手澤歸他人，琴書博稗稊。
仁人爲嘆息，薄者資嘲詠。是唯無學故，身敗萬事偕。
恩義由來繫，非言才不才。固知天運爾，焉得不掛懷？
中夜成坐起，長慮歌告哀。尚能勉其頑，我言爲過猜。

熊峰贈雪上人

先人高世度，結社東林時。奉杖自童子，褰帷識我師。
石牀冥歲月，塵界老驅馳。今日疏鐘裏，彷徨無限思。

【注】《邵武府志》載，朱䧳天資超絕，好學不倦，嘗手鈔六經及左、馬、莊、屈、荀、楊、孟、韓氏之言，其文辭旨潔而有則，溫而有綸，得韓愈、李習之之遺詩，長於五古，專主大謝，旁及顏、鮑諸家，多淵然自得之旨趣。著有文集四卷，毀於火。有詩集行世。

朱仕静　二首

字密侯，䧳之弟，例貢生，有《定齋詩集》。

咏古松

蒼枝嘯風雨，宛宛虯龍形。古色淡新月，流光下濕螢。
支離插天碧，偃蹇對崖青。偶共傴僂叟，尋根劚茯苓。

過端州羚羊峽

舟過羚羊峽，暮煙暗翠微。山因無草瘦，水以有魚肥。
樹老石含笑，巢新鳥識歸。潮平歌欸乃，清月照羅衣。

建寧耆舊詩鈔卷四

董　潤藕船參訂

張際亮亨甫原輯　後學李雲誥華山續纂

徐光炬耀堂校刊

目　录

李俊　三十六首

　　字千人，號櫚園，乾隆甲子副榜。性和易而廉介，動必以矩。家屢空，嘯歌樂道，晏如也。樵孺值於途，亦退讓爲禮，誘掖後進，不倦一時，邑中風雅大爲陶成興起。詩師法陶、謝、韋、柳，所作沖澹超邈，著有《櫚園詩》三集及《詩話》。

雜詩四首

三春桃李花，紛敷媚瑤席。名園相招携，半是金張客。
駿馬黃金羈，游塵起遠陌。引手一再攀，零落異今昔。
却羨山中人，朝朝蔭松柏。

空谷幽蘭生，托根異凡草。希微世外香，無因送懷抱。
充佩雖有時，采擷何弗早。一朝鷗鵙鳴，生意寧可保。
美人竟不來，娟娟爲誰好。

兔絲附青松，飄風若無力。弱蓬生麻中，匪扶能自直。
士苟得所歸，一朝辭幽仄。黃鐘振洪音，長離鼓修翼。
和聲成九奏，覽輝翔四極。緘情寄玄雲，翹首長太息。

東家有好女，容態故不常。嫁爲南鄰婦，金閨事濃粧。
粧罷時起舞，羅綺隨風揚。握手成歡愛，顧盼生輝光。
誓同并命禽，高下相頡頏。浮雲起太空，百變誰能詳？
朝日耀穠華，日暮委道傍。盛年忽棄置，涕泣徒自傷。
君子固如此，妾心終不忘。

依綠園示諸生二首

高位陟無堦，栖遁漫爲心。少小耽篇籍，生計非所任。
突冷無炊煙，逍遥樂園林。手擕冰雪文，枵腹長自吟。
幽草細不剪，綠筠生繁陰。永日獨婆娑，好風開我襟。
即此便已矣，多聞何足欽？

南榮列諸生，雜佩復垂紟。昔余入家塾，宛宛猶視今。
歲序忽如馳，雙鬢白髮侵。趙簡嘆不化，感彼淮海禽。
如何公牛氏，一化驚人心。化與不化間，兩者難自任。
嗟予二三子，書此聊爲箴。

郊居書懷

避俗樂荒郊，蕭散謝羈束。資糧仗茯苓，荷鋤松下斸。
山僧時相擕，樵子爲近屬。客散水禽鳴，微雨寒塘曲。
寂寞此時心，浪追古人躅。遐哉老氏言，知榮寧守辱。

秋月

圓景生涼夜，迢迢散遠林。澄輝人定後，愁絶此時心。
天際瑶華斷，山空雁影沉。攬衣一長望，誰識露霑襟。

烈婦吟

烈婦朱氏，吾友鼎堂女兄也。適官德華，無子。德華客死廣州，聞訃不食者數日。針紉内外衣，梳櫛畢，閉户自縊死。予高其行，作《烈婦吟》。

食梅猶未酸，衣葛寧苦寒。烈士在固窮，君安妾亦安。
饑驅客廣州，涕淚常不乾。生别尚未歸，死别摧心肝。
憶昔爲君婦，何異鴛與鸞。君今入黄泉，毛羽兩不完。
何時築高墳，駢枝生白檀。妾願化雙翼，營巢向樹端。
夜夜樹上栖，朝朝繞荒巒。

楓橋

霜葉落溪橋,瑟瑟秋風冷。微陽下疏林,支筇見人影。

送巫振綱旋里

東風綠麋蕪,記得來時路。今日送君歸,悵望江頭樹。

留別雷蕙畝

節序故復新,鄉思斷還續。析我素心人,言歸舊邦族。
飛鳥呼匹儔,川魚眷近屬。首途怯遭回,即事悽心目。
朔風吹行舟,殘陽帶喬木。寸抱懸征帆,流潮何太速。

留別宋補堂比部

歲晚論心久,天涯見面稀。一年歡會盡,萬里片帆歸。
遠浦聞柔艣,寒潮送落暉。故人猶佇立,回首思依依。

哭族子大仁

大仁,字存齋,幼從予游,工文詞,已而薄不爲,潛心性命之學。歲壬中,父病篤,大仁百計求治,至嘗糞溺禱神,乞身代父歿。擗踊無節,竟以毀,卒年二十五。遺言殮用衰麻,母易襯衫,忽目開,手強去之,始獲殮,見者感泣稱孝云。

潘岳感二毛,立身故草草。屈平厲修名,冉冉嘆將老。
爾年始逾冠,聞道亦何早。爾父奄然殂,慟哭震穹昊。
泉下日相親,捐軀寧復悼。隨侍爾所欣,吾獨傷懷抱。
金石信無期,榮名良可寶。

田家三首

農夫昧耕時,村巷聽布穀。襏襫向東菑,歲事今云俶。
貧家買犢難,負犁躬作犢。筋力非不疲,歲晚或有蓄。
日暮荷鋤歸,小雨何溟沐。

穭稐盈田疇，秉耒時往耨。依依循徑行，鄰父語邂逅。
分手畝東西，各各疲長晝。餉婦恤所私，飯香美飣餖。
亭午得少休，榆柳蔭隴右。

秋風柿葉黃，柿實垂八九。刈穫此其時，禾稼塞戶牖。
野碓舂黃粱，餘粒肥雞狗。家家熟香醪，村村娶新婦。
笑問里中人，爲農樂與否。

感興七首

繁華喪天真，造物惡雕飾。商飆剪園林，草木終落實。
炫齒象乃災，斷尾雞善匿。華士鮮歸根，君子勤內植。
瓦巧而金惛，擾擾誰察識？

孤花不成妍，衆葉時添致。蚩蚩彼園丁，剪葉頻棄置。
葉墮花亦傷，昔盛今憔悴。何異豢文禽，一一鍛其翅。
寡助良可悲，對花忽垂淚。

芽蘗養深山，千年聳喬木。沿坡笋暗抽，一月成修竹。
物成各有時，寧須計遲速。斷鶴諒非宜，續鳧亦豈福。
觀物悟道妙，長嘯響幽谷。

農務本齊民，豐歉恆參差。老翁勤播植，筋力亦已疲。
筋力雖則疲，八口有餘資。子孫侮昔人，舍耒耽娛嬉。
茫茫春草生，良田廢不治。秋來無刈穫，朝餐兒啼饑。
先業方自墮，空復怨天時。及時弗努力，嗟嘆亦何爲？

鷹隼薄太虛,鷦鷯栖棘枳。卑高互易之,兩者均爲累。
所以窮巷人,何須羅甲第。端木本通材,原生亦狷士。
輕裘與敝冠,通約趨一軌。如何貧爲病,賢者猶復爾。
握手不知心,人世當何似?

奇鬼幻黎丘,時能搆形似。市虎成三人,隋珠疑薏苢。
在昔賢達人,蒙垢類如此。炯然無遺照,誰是鏡機子。

達人鑒古今,自視恆不足。引鏡已非真,失鏡了無矚。
有時夢中身,不知覺所欲。得鹿還自迷,夢中復搆獄。
士司爾何知?謬言添桎梏。我自不知我,何須怨近局。
不如兩相忘,陶然進醹醁。

三閭大夫

漢水方城枉自雄,采詩都不及蠻中。
信讒何與懷王事,天要靈均續楚風。

讀三國志

風流説周郎,差解聽曲誤。何如教姬人,盡讀靈光賦。
于吉左道誅,英風振末代。底事讒間行,餘姚殺高岱。
霸業爭上流,都鄴迎天子。沮田計兩行,鼎足竟誰是?
道術知有無,漫浪爲佳耳。采藥覆車山,空濛雲霧裏。
似諧本非諧,吉利渾不省。當塗印綬輕,只合持易餅。
漁陽撾衆中,鸚鵡賦即席。阿瞞本粗才,不及一黃射。
纏燒山東兵,游魂應未散。造物每好還,燃臍光達旦。
殉董嗤伯階,歸曹笑文若。太息此兩雄,六州難鑄錯。

老農嘆

朝耕上排畬，餻餉常至午。

兩足蠕蠕嚼水蟲，誰惜淋漓血濡土？

東家稱貸始下田，未穫先償子母錢。

無那佃田原有主，輸租未足賣烏犍。

東家餘粟飽雞豕，老農饑時拾橡子。

洪鈞一章爲朱文蓁作

文蓁，字武陵，同里人。生貧窶，以力作受償於人。事父母甚謹，乃皇華紀聞、優丐二孝子類也。年二十一而卒。余嘉其爲人，并哀其夭，因作此詩。

洪鈞大甄陶，澄濁類無眩。　遐觀世共疵，固知帝所善。

丘山累土崇，淮海鳴禽變。　生未漸聖謨，行乃倫迹踐。

有懷樂辛勤，顧言長卑賤。　豈謂受氣豐，弗蒙有赫眷。

零雨香蓀凋，湛露扶光餞。　奄忽寐黃泉，思子淚如霰。

題觀海圖

浪屋濤山噴雪白，扶光天半珊瑚赤。

海童鞭起大海移，洶洶衙齋撼潮汐。

橫空擲筆如老蛟，宵夢仙人教戲劇。

蓬壺飄渺挈颶風，飛來絹素驚凫舄。

【注】《邵武府志》載李俊字千人，又字山民，李榮芳之子。志行高潔，好古學，尤喜爲詩。同里朱仕琇，謂其詩由陸龜蒙以上，追陶謝及建安之作者。教授弟子甚盛，居大櫪下，學者稱爲櫪園先生。生平亦可見《福建通志·文苑傳》，朱仕琇《櫪園詩序》，魯

九皋《李櫃園吸納生續集後序》，張際亮《書〈李櫃園先生詩
集〉》等。

謝恩臨　十首

字叔照，在城人，乾隆丁卯舉人。知縣，有《存庵詩集》。

游西山

扶笻快一游，如涉武陵趣。灌林相蔽虧，巖壑遞迴互。
危梁俯深澗，懸瀑驚飛雨。伐木響遙空，不識樵人處。
冉冉澹雲流，蒼然迷去路。

和楊羽儀冬日塞上

朔吹驚榆塞，萋萋白草翻。冰堅占馬渡，雲缺見鵰鶱。
斷續笳聲咽，蒼茫日色昏。多時征戰罷，不敢廢耕屯。

和楊羽儀晚趨康莊驛次韻

衰鬢履霜白，天涯魂欲飛。殘蟬悲獨樹，匹馬控斜暉。
官道荒村舊，人煙古驛稀。到來驚巷犬，退吠白雲扉。

自述

五峰常帶雨，不厭出層檐。風幔飛花亂，春泥落絮粘。
才疏爲吏拙，邑小近邊嚴。賺得妻孥笑，如絲白髮添。

江洲晚望

楓岸吹殘葉，蒼茫暮雨中。煙飛江影動，潮落漲痕空。
結網誰曾習，忘機我自同。忽聽斜漢上，老雁叫西風。

送鴻希周赴任雁門

悵矣秦郊別，征途阻且長。遠山迎馬首，落日隱羊腸。
朔雁凌霜白，關雲出塞黃。到官偵邏密，群醜競逋亡。

登永城漫興

石牛盤道兩奇峰，環抱高城氣象雄。
漢峙遠連秦塞曲，野煙寒擁戍樓空。
傳車驛騎長亭外，朱箔青簾小巷東。
自昔重關稱百二，哀然一望畫圖中。

瑞雲寺

高寺隱微陽，疏磬一聲響。磴道闃無人，寒雲冉冉上。

秋夜懷全啟周

高秋閑夜漏沉沉，離緒絲夢結寸心。
一枕西窗殘月夢，蕭蕭黃葉響空林。

新集道中

征衣何事惜塵沙，駐馬新村風景賒。
一路春山看不盡，杜鵑啼上野棠花。

李榮憲　二首

字士臺，邑北巧洋人。乾隆壬申舉人，著有《讀史評略》《竹溪詩稿》。

至日寄家橺園

微陽初夜萌，積陰風愈厲。二氣此交爭，天地方重閉。
衰年畏寒侵，定性辭勞勩。高臥萬松林，此日意誰契。

余孝子詩

孝子名先榮，楚上人。母久病，割股以進母，病遂愈。先榮瘡痕未斂，
母乳忽生渾，洗之而瘳。

鬱鬱楚溪東，溪石何粼粼。中有獨行士，一本念無垠。
辛苦療沉痾，歡悅感良辰。茲風難可常，愛至發天真。
藉以勵末俗，秋氣轉陽春。

李　明　二首

字早川，邑北巧洋諸生，有《見庵詩鈔》。

憶安孫

日夕分甘慣，去來何所依。想當臨食候，應解索翁歸。

述懷

壯志銷磨盡，衰頹衆所嗤。交情貧乃見，世味老方知。
冬暖忘寒日，花開畏謝時。不須多感憤，高臥是吾師。

李　書　七首

字鄴籛，邑北巧洋諸生，有《復軒詩鈔》。

過田家

步屧入山村,中寬十數畝。引水通池塘,編籬傍榆柳。
山深少來客,屨響驚臥狗。主人延至家,就坐開甕牗。
雍雍挕垂髫,怡怡親老叟。稻粱喜初熟,家家釀新酒。
薢茩不費錢,雞黍雜畦韭。願言此山中,歡樂難具剖。
嫁娶結比鄰,主伯自成偶。種苗代耕鋤,牧牛互看守。
有無各相通,恥吝升與斗。優游可卒歲,移家許來否。

杞樹洲

古樹勢盤挐,未死已空腹。日落不逢人,水禽自來宿。

冬日緣溪行至舍

乍喜静朔飆,偶過溪樹下。水涸認沙痕,木落見村舍。
寒犬吠門籬,晚煙遶桑柘。板橋方獨歸,時逢罷釣者。

釣磯

磐石踞深溪,下臨杳無地。水激浪復迴,鱍開魚暗避。
把釣學僧趺,因倦枕蓑睡。恍惚富春臺,羊裘適吾志。

簑衣

衣短復藍縷,不耐溪頭雨。賣魚買棕歸,自尋敗簑補。
細起若牛毛,橫張如鳥羽。穿來穩稱身,煙波淡纂組。

篛笠

寒溪雨濛濛,一笠隨來往。年老鬢成絲,飄揚青箬上。
壓眉覺天低,聞聲知霰響。不入爵弁中,久已絕塵想。

古廟

古廟旁村居,日暮風習習。懸燈暗乍明,飛鼠出復入。

82

建寧耆舊詩鈔卷五

董　潤藕船參訂

李雲誥華山續纂

張際亮亨甫原輯　後學

陳學恭則僑校刊

余文淵秋白校刊

目　录

朱仕玠　三十首

字碧峰，號筠園，邑北楊林人，乾隆六年拔貢生，官尤溪、臺灣教諭。性孝友，負異才，與弟梅崖名并震京師，著有《小琉球志》《筠園》《谿音》《音別》諸詩集。

崔子渡河操

作閔子騫所作也。崔子早失母，後母嘗以其死母名呼之，不應，輒笞之。崔子乃以渡河爲詞，繫石於腰，自沉而死。

儿母何歸？誰呼母名。儿名母名，儿莫敢承。

日答則那，如後母何？繫石於腰，儿將渡河。

三士窮操

其思革子與城石文子、叔愆子三人爲友，聞楚成王好士，往見之。至磁碗嶔巖間，卒遇風雨，伏空柳之下。衣寒乏糧，度不得俱活，乃推衣糧與其思革子，二子遂凍餒而死。其思革子入。楚王知其賢，與之宴，援琴作歌，悲不能止。

楚王好士，三士來歸。疾雨而風，窮無所栖。

一士既飽，二士苦飢。一士著纊，二士身無衣。

二士死，一士來。來至楚國而獨食于斯。

嗟嗟乎，予悲。

女蘿篇

族妹曰："徽娘適官德華，德華客死嶺表，無子。"妹遺令曰："無夫從子，無子則死。"遂經死，作《女蘿篇》。

女蘿附喬松，糾結不相離。烈婦殉同牢，哀哀心獨悲。

結髮侍君子，茶苦常共持。朝希粗糲食，暮絕藜羹炊。

良人事遠役，遠涉南海涯。傷哉撫二竪，竆身長不歸。
哀哀茲烈婦，隕淚同珠垂。上無室中姑，下無三尺儿。
倖生豈不懷，負義安所施。俯仰一長嘆，畢命忽若遺。
是時日向暮，天色正慘凄。栖禽爲悲鳴，廐馬爲酸嘶。
行道爲躑躅，隣曲爲歔欷。湜湜清灘水，水清無盡期。
皎皎烈婦心，終古長不移。

漚麻行

同邑余進士敏紳死，其妻張氏不以未婚渝其志，卒以節老焉，爲作《漚
麻行》。

漚麻江水清，漚麻河水渾。清濁水雖異，素質麻自存。
十五妾許嫁，二十猶待年。君時偕計吏，結束游長安。
坐下驒褭馬，手内珊瑚鞭。足下珠履綦，腰間瓊佩懸。
廁名三百士，觀政尚書門。君遭母喪歸，二竪驟相干。
空蓄經世志，東首徂黄泉。妾侍父母側，涌淚浩潺湲。
再拜別父母，父母感愍懃。入門何所見，琴瑟紛已遷。
中堂何所有，靈位儼陳筵。仰瞻鳩杖舅，白髮鬖垂肩。
俯視長廡下，圖史空列陳。哀哉念死者，能無摧肺肝。
憶昔君在日，寒谷明春暄。君今已黄土，茶苦寧復論。
如彼兔絲枝，松仆空綿延。如彼磐石移，紉蒲猶自纏。
陵谷有變易，此心長可捫。厲貞五十載，畢命歸山樊。
邑令告制府，制府爲上言。天書成五色，杳杳下層雲。
爲諭鄉里老，爲頒帑中錢。鑿石嵌巖下，伐木青林間。
巧匠來爾輸，飭化争趨奔。獰獸挐曲梲，應龍騰丹椽。
坊額書金字，宛轉迴青鸞。巍巍當途高，乃左城東闉。
父老皆太息，婦女駢頭看。握筆作歌詩，用光女史編。

85

【註】"足下珠"清乾隆松谷刻本《谿音》作"足上珠"。"鄉里老"清乾隆松谷刻本《谿音》作"鄉閭老"。"皆大息"清乾隆松谷刻本《谿音》作"皆太息"。

鑑湖歌送李櫔園往浙江應雷通政之辟

在昔四明有狂客,一見青蓮呼仙謫。

金龜在腰酒在爐,擲去驚倒酒家胡。

歸向君王乞一曲,人道賢哉賀大夫。

垂耄遺榮何足惜,羨君傾意尊詩伯。

櫔園子,別我行。

云將遠上天台度赤城,更訪賀老鑑湖與四明。

四明山高丈萬八千不可升,石窗日月玲瓏明。

五色炫耀令目盲,不如鑑湖之水瀏其清,

照見賀老雪鬑鬕。

當年酩酊卧湖側,會稽司馬來扶迎。

儿童乍見不識面,笑問此翁何姓名。

千年少別成今古,湖光依舊搖前浦。

南風五月荷花開,鏡裏紅雲不知數。

越嬬十五皎如月,蕩舟不著鴉頭襪。

鴛鴦驚動棹歌迴,菡萏亂落青絲髮。

安得束絹一千束,倩君吟遍湖波綠。

爲君歌,酌君酒。

春風知我惜別深,催動柳枝小垂手。

君才利如兩千鏌,只待風電作蛟吼。

相隨棨戟今歐韓,行部論文比蘭臭。

蒐羅玉札錯青芝,歸來好示牛馬走。

86

秋風入松柏曲

雍門爲齊王奏此音,極慘凄,王寒思著纊。

悲哉乎秋風,其狀蓬蓬。

忽飄然而遠至,入乎松柏之中。

上弟鬱兮群峰,下哀壑兮淙淙。

四不見人兮,惟聞秋風。

日飂飂而不息,吾安知其所窮。

藍瑛楚岫雲馳圖歌

荆王夢幻荒無歸,左徒弟子傳詭詞。

巫山之陽高丘阻,至今雲氣猶霏霏。

有時天風倐吹動,勢如萬馬交奔馳。

因風變滅不可測,瞥見十二青壁攢。

參差巴江從西來,千里蕩瀁翻玻璃。

江間日斜雲欲合,斷腸恍惚猿啼悲。

湫兮如風凄兮雨,瑤姬窈窕來何時。

嗚呼!

藍生空爾爲令我,望雲指點至今疑。

後歌

昨宵夢白鹿,倒跨隨天風。

天風泠然泊何所,回頭但見雲濛濛。

朝來閒指點,氤氳尚合蓬。

菌宮豈是荆門嶠,毋乃衡陽峰。

內方至大別,崔嵬堆祝融。

龍之噓兮幾千里,紛紛鬱鬱遥相通。

坐令兩儀烏兔失所照，東奔西走迷長空。

風吹雲捲山欲動，翻愁墮落洞庭之浦巴江中。

其間皤然一老翁，翹首倚杖何從容。

風亦竟不息，雲亦長逢逢。

呼僮展囊暫收起，免令敲浮濕氣留房櫳。

湘中曲

帝子年年降楚巫，楓林千里楚山孤。

行人最是傷心處，不爲湘江啼鷓鴣。

寄謝硯溪

昆明萬里草萋萋，更遠昆明控馬蹄。

鄉國空懸滄海上，提封直略大荒西。

寧同王子褌金馬，久却諸夷貢駮犀。

料得政成官閣靜，彈琴長對狨禽啼。

夏津南歸舟中和東坡題郭熙秋山平遠

鄃城塵土苦未閑，南歸快看江南山。

試吟坡老舊詩句，圖畫髣髴寒林間。

江南木落天愈遠，黃葦花開送秋晚。

歸舟日夜向溢城，已見小孤攢翠巘。

在昔坡老鬢未霜，便欲買竹伊川陽。

龍鍾老去謫儋耳，空想嵩少凝清光。

未須觀畫如他日，即目青山窮一發。

憑誰喚起汾陽生，取較當年好泉石。

探梅

落景滅寒林，暝色荒亭下。岑寂四無人，凍雀聲啞啞。

斷橋疏竹閒，時見一枝亞。欲醉倒金尊，月上昏黃夜。

阪孔

沓崖慘積陰，狂灘溝深黑。嶔石輔虐濤，潛攢不可測。

香泉溪名出復合，旁瀉迅箭激。中流不自虞，孤航恣欹側。

況值夕螫啼，瘦日西欲匿。對坐愕相叫，舵工面如墨。

危同呂梁冒，濕未蛟龍得。履險更出險，吁嗟仰誰力。

蘆硈

閩灘狀奇惡，蘆硈險所尊。預期戒行旅，列坐寂不喧。

砅衝傳上流，疾雷相轟諠。何年廬扈鈎，擲阻沿崖壖。

逐令平川水，銜怒斜崩奔。挐舟直復曲，長年裂膽掀。

颼颼凄風回，潺潺亂沫噴。蔑虞麗廉鍔，破碎隨魚黿。

矯然波間出，快若輕鳧翻。心定撿茵褥，顛倒浣水痕。

桂以香自煎，象爲齒焚身。如何服賈子，認作利涉津。

嗟我輕狗仕，感此同悲辛。

城門衕

枝峰對延崖，巑岏怯天逼。初疑古城扃，何乃無限閾。

脩蛇愁上緣，飛鼯阻旋翼。翻驚晨光裏，陽烏倏西匿。

時覯蒙龍開，猶裂一線色。平流雖自安，澹瀩愈難測。

常虞狎陽侯，一失弗可得。舟行未終日，傷哉礙胸臆。

大漳

漳溪势益壯,實爲群川统。列石夾崝岈,彎環圻深縫。

上流争滔滔,瀰瀲束愈壅。回風轉長濤,舟溘不得縱。

遷延攪盤渦,欲拔驚山重。焉得壯士力,控脱捷移踵。

少焉捩舵出,骨戰心餘恐。雙眸猶眩花,奚識沿岸葑。

烏啼破廟荒,維檝御昏饗。

古釵行

蛺蝶宮衣印青土,髑枕遺金尚撑挂。

孤凰騫舉留脂香,山鬼偷持敲衣霜。

昭陽舊御菱花紫,十四宮娥愁黛死。

承恩幾日埋燕支,故物沙頹風倒吹。

收來洗剔苔毛濕,慘月追尋坐相泣。

海中見澎湖島以無風不能至

五日嘆羈遲,六日旋尤静。自五月晦日放洋至是日凡六日。

意輕溟漲闊,目炫陽烏炯。飛廉謝冰夷,逃竄深戢影。

穹蒼虛相涵,一氣同溟涬。烏鯊狎澶澍,撥刺時一逞。

舵移昧遠近,寸碧出俄頃。安辨根虛無,常虞失嬤奵。

氣蹃未可乘,臨空殊耿耿。

臺灣府

海中望臺山,山形倏明滅。合沓乘風潮,闊然臨巉嵲。

自從鑿混沌,猙獰狎噬嚙。安知萬祀後,冠裳儼森列。

南北千里餘,竹木青轇轕。相傳雞籠陰,猶有太古雪。

海流日砰訇,海巘長屼嵲。野鶴適何來,翻飛恣寥泬。

思士操

文王遇呂尚于渭濱，載歸立爲師，號尚父，因爲此操以叙思士之意。

自先公啟疆，有岨岐陽。

維翼翼是將，懼其或忘，思多士以襄。

思之思之，罔予謫于后王。

子安之操

伯奇既沈于河，衣苔帶藻，忽夢見水仙，賜其美藥。揚聲悲歌，船人聞而學之。吉甫聞其聲，以爲子也，乃援琴作《子安之操》。

朝聞子聲，于河之滸。維子無辜，余實召蠱。

子而來歸，寧逢余怒。河水瀰瀰，維子安之。

刺韓王操

聶政父爲韓王，治劍不成，見殺。時政未生，及壯，思爲報仇，乃入太山學琴。留山中三年入韓，鼓琴闕下，觀者成行，牛馬上聽。王召政，見之，政內刀琴中，因刺殺韓王。

維韓王不道，虐殺余父。

橫琴太山，牛馬聽而率舞。用《明皇雜録》教舞馬及明戴大賓牛舞語。

內刀琴中刺王，宮府瞋目，大呼莫敢予侮。

殘形操

曾子夢見一貍，不見其首作。

維夜有夢兮，維日有思夢。

貍無首兮，匪思之，爲省吾身兮。

狐疑全所歸兮，何日忘之。

木客吟

吳王好起宮室，越勾踐選名山神材而獻之，使木工三千餘人入山伐

木,皆有怨望之心,而作《木客吟》。

> 于吳作宮,于越取材。三千木工,祁祁度之。
>
> 維梓維杞,豫章是治。我斦旣缺,知我卒疲。
>
> 匪我王耄,爲吳王來。眷念室家,曷日旋歸。

小海唱

伍子胥諫吳王言,不納用,見戮投海,國人痛其忠烈而作此唱。

> 奈何乎鴟夷,使目不見越師。吁嗟乎大夫,鴟夷報之。

黄河堤行

同里官某繼室鄭氏死其夫,甚烈。夫故河官也,作《黄河堤行》。

> 黄河堤乃在清江浦,築堤夫十十將五五。
>
> 下隸郡邑,佐貳其上統制府。
>
> 佐貳本小官,長日腦空俯。
>
> 嗟爾讒慝,譸張造言。
>
> 上激制府,怒夫爲爾。
>
> 梏兩手,械兩股。
>
> 遥遥千里,千里逮刑部。
>
> 妾身孤嫠,誰與相詷語。
>
> 殷勤籲西佛,西佛無靈終無補。
>
> 妾無姑嫜復無兒,但有小婢生相依。
>
> 夫弟何不良,一朝賣婢心何爲。
>
> 落葉飄風終歸大樹,畢命窮泉淚下如雨。

憶昔行

> 憶昔八年歲在亥,舟行東北窮江海。
>
> 地隣彭蠡波粘天,雁群拍拍捎船蓋。
>
> 沿洄更欲適吳越,高人八里留湍瀨。

吳山包山兩青塊,西湖太湖光破碎。

金風倚棹鐵甕城,瓜步微茫認纖芥。

海門蒼蒼秋雨晦,浮玉峰高出魚背。

禪智墓田月似珪,露筋古祠荇拖帶。

祠前江水合淮黃,東流一去浮天外。

揭來二載困京國,破帽疲驢人不識。

五城崎嶬暮雲隔,栖遲重作山東客,

一爲哀歌憶疇昔。

再寄櫪園

書傳游子苦思家,故國春殘道路賒。

憶得年時送君去,一天風雪凍梅花。

和《桃花源詩》

杉陽有清谿,谿內居民數十家,絕去行徑,乘竹筏爲往來,山高谿深,
人迹罕至,讀陶《桃花源詩》,爲咏斯地和之。

闢地謝囂塵,便異人間世。　仙栖隣咫尺,欲往應可逝。

清谿好巖壑,徑絕樵蘇廢。　乘筏盪苔衣,石壁成留憩。

蒙茸菖蒲花,延蔓無人藝。　沿洄造斯境,茅屋聊可稅。

日暮牛自歸,雲生犬時吠。　耕鑿習先疇,耒耜因時製。

自非抗俗士,屐迹難爲詣。　不然萬斛流,褰裳安可厲。

林泉自太古,開鑿自何歲。　偶然連城闉,尚未淆機慧。

在昔聞人言,識茲洵靈界。　會當乘佳日,一爲探幽蔽。

斑白迓谿頭,稚子候戶外。　問津信有期,渺然托神契。

和《歸園田居》

廨舍獨居，眷念鄉閭，因次和之。

蚍蜉疲游垤，高踰嵩衡山。舜華不終夕，亦自詡長年。
白日上東海，奄忽下虞淵。芒芒九州土，廣如一井田。
大小紛異視，相訾大塊間。先民我居後，來者余爲前。
後先歸大化，散若空中煙。昔有苦縣李，生時笑華顛。
流沙更立教，老去無休閑。何如日行樂，安問所以然。

【注】《邵武府志》載，朱仕玠字"璧豐"。能古今文，尤工詩。嘗以古今論詩稱宋嚴氏，然所見僅能盡盛唐諸人之美，至其前者，皆不能合也。因舉經，能溫柔敦厚四言爲詩，本其所自爲，格致極高簡。閩詩自明初林鴻、高棅倡盛唐之學，摹擬失真，沿成習派。仕玠因輯何梅、李榮英、族父璜、世父霞四家詩，皆出自新意，不囿於土風，爲《瀍溪四家詩鈔》。此外，朱仕玠生平經歷亦見於《國史·文苑傳》，民國《福建通志·文苑傳》，朱仕琇《筠園先生墓志銘》等。

朱仕琇　三首

字斐瞻，號梅崖，邑北楊林人，乾隆甲子解元，戊辰選翰林院庶吉士，改授夏津知縣，晚年掌教鰲峰，以古文名當世，不屑屑於詩，有《梅崖居士文集》。

辛巳孟冬過松谷擬留肄業簡樆園子用韋蘇州司空主簿琴席與韓庫部會王祠曹韻

洲暉已雲暄，山氣仍含露。繁陰覆石亭，坐憩得深悟。
乍聞旁澗響，知有幽禽度。欲托高人居，一爲明心素。

松竹會哭綠，日華澹而清。空林自夷猶，爽氣欲侵纓。
化物悟舊愆，抱一得無營。相窮山水樂，開樽亦吾情。

舟中寄同里諸友

離家方七日，別恨已千盤。六月湖波裏，荒荒風轉寒。
日光昏水氣，草色没雲端。向夕漁歌起，故鄉何處看。

鄔尚豐　七首

字步南，邑北溪楓人，有《曼翁詩集》，二子松、械皆雋才，以詩名。

雜詩

浮雲隨長風，飄颻將何倚。一朝成霖雨，適慰蒼生祈。
乃知山澤間，蘊蓄原神奇。高潔不屈功，雨散雲來歸。
我慕魯仲連，東海仍布衣。

薄言采江蘺，靡靡愛芳馥。君子在天末，誰與明衷曲。
曾參不殺人，自信諒已篤。奈何處嫌疑，讒謗日相續。
沉思結永夜，衾影傷翾獨。

孤陽遇衆陰,君子困葛藟。匪伊朝廷然,鄉曲亦憂此。
芳辰結綢繆,密言指白水。情嗜昔豈殊,猜嫌今頓異。
群吠何足傷,毋乃乖仁里。

投宿山家

暝色起遥村,孤煙出茅屋。主人舊相知,策杖來投宿。
籬落瓜正肥,田間稻新熟。入室燃松光,四座明如燭。
心清露林蟬,涼動風窗竹。瓦甕傾濁醪,陶然輪欸曲。

途中別鄉人

歧途難遽別,握手兩迴遑。故國憐全病,他山戀夕陽。
稻粱鴻雁迫,泉石管絃荒。高蹈真良計,何年老醉鄉。

旅社早起

竟夕望天明,聞雞促曉程。孤村一犬吠,殘月幾人行。
露浥荷衣重,風疏葛帔輕。東方看漸白,萬象忽俱呈。

觀棋

老却英雄枉自悲,茫茫大地一盤棋。
誰憐橘樹飄零盡,猶是掀髯鬥奕時。

張允升　一首

字可權,邑西癸羊人,太學生,有《立夫詩草》。

閨情

燕南雁北飛,郎去妾孤幃。夢覺天涯斷,春寒猶未歸。

徐光美　一首

字西碩，鄞侯先生第四子，諸生，有《隖苓詩鈔》。

秋夜有懷

雨霽山含碧，星光映水微。高空雲自幻，前浦月同輝。
凉氣侵孤閣，秋聲入薄幃。美人鼓瑤瑟，曲古嘆知希。

余　龍　二首

字壽山，邑東楚溪廩貢生，任甌寧訓導，有《雲巖詩稿》《蛩吟草》。

秋日園中述懷

晨曦弄園景，倏忽白露晞。蘭蕙失香色，何處尋芳菲。
造物原有數，消息傳盛衰。我非濟世才，棄置若爲宜。
撫絃發高調，不論成與虧。鐘聲去已久，瑟瑟松風吹。

旅夜書懷

逆旅三更月，窮途一葉舟。家山南北異，江水古今流。
客路誰青眼，鄉心易白頭。幾時投老處，閑伴海邊鷗。

陳邦韶　一首

字廷儀，葛懷先生之子，諸生，有《素軒詩草》。

古意寄友人

江漢有美人，相隔殊異域。滄波流浩浩，溯洄伊何極。
欲寄一緘書，將繫晨風翼。維彼蘭與蕙，寂處窮巖側。
馨香空自持，霜露變顏色。誰是尋幽侶，孤芳長太息。

吳伯模　一首

字儀廷，琨之孫也，乾隆戊子舉人，選知縣，改建陽教諭。

北上舟中

鵬鳥天池翔，蚯蚓膏壤食。鴻纖各有宜，俯仰吾自得。
舟行泥旬時，一葉聊偃息。江煙生渺渺，沙鷗飛翼翼。
淺瀨發清音，遠山看霽色。悠然天地寬，開我胸臆窄。
興到發高歌，歌罷心寂然。憶彼華堂人，愁慮正惻惻。

邱　崧　一首

字中峰，邑西里心太學生，有《巢雲吟稿》。

積雨

細雨看已收，寒煙出復沒。清溪蓑笠翁，歸路候微月。

董　書　一首

字同丹，號㞦齋，邑北藍田垾前人，乾隆乙酉拔貢生，官詔安、彰化儒學，掌教彰化書院，戊子舉人，授漢中府沔縣、保定府容城縣知縣。

舟泊南臺即事

一片波光三十里，平林如繡草如絲。
日斜風定潮初落，正是鱘魚上市時。

朱仕韜　八首

字越臺，邑北楊林人，從李檆園先生爲詩。先生歿歲，拜其墓。母有目疾，旦旦舌舐之，久而復明。有《漱石山人詩稿》。

登廬山和鮑明遠韻

策杖者誰歟？燕趙悲歌士。結髮謝世棼，躡屩踐遐趾。
絕巘入青冥，荒途無道里。瀑布散繁珠，餘流入江沚。
嶙峋錯犬牙，誕幻割龍耳。仙真迷五峰，木客經千祀。
猿鳴空岩中，鬼嘯幽篁裏。綺霞切雲來，長煙觸石起。
層巒匪一形，積霧紛衆似。山禽啄石脂，高僧飯松子。
遠公已云亡，來人尚成市。

午窗坐睡

亭午日微和，薰風散高柳。竟日掩雙扉，人靜蜂穿牖。
管牀承跌坐，鼻觀息已久。物至與虛緣，不迎亦不受。
身心兩寂默，朗然悟前後。夢中頗能覺，覺時皆夢有。
夢覺了何分，還問東坡叟。

夜卧濯足

苦樂不相代，净垢惟自求。生人具百體，屈伸固自由。
但苦纏索纏，巾屨如拘囚。振衣及新沐，人情豈不侔。
釜鬲以時具，冷暖惟所投。澡濯得一快，無異脱軛牛。
吾愛褒禪師，任性自遨游。洗足即安眠，如此是道不。

和東坡先生江月五章 仍以残夜水明楼為韵

一更山吐月，松梢掛團團。水際輕煙歛，清輝漾回瀾。
陰蟲鳴古壁，花影上雕欄。星稀宵正永，樺燭幾家殘。

二更山吐月，風簧響静夜。幽人猶未眠，放歌長林下。
栖鳥驚啾啾，艣聲時啞啞。漸覺衣裳單，疏蕪液如瀉。

三更山吐月，破鏡落江水。河漢耿遥遥，雞鳴深巷裏。
引觴還獨酌，流光照卮匜。興酣未肯眠，相望空徒倚。

四更山吐月，西閣乍微明。露重葭葵墜，雲散斗柄橫。
披襟獨仰盼，玉宇一何清。今夕胡牀上，長懷庚亮情。

五更山吐月，寒光瞰户幽。遥岑薄霧起，朦朧淡江樓。
燐火時已滅，漏聲猶未收。長吟不知疲，曙色遍芳洲。

李智澄　三首

字愚溪，邑北蓮坊人，幼穎異，好讀古書，所作輒工，以母亡憂傷無制，病夭，年僅十九，有《松窗吟稿》。

送朱丈遠行作

山川不可極，君去竟何之。千里云來闇，孤舟風起遲。

躊躇豈忍別，悵望在良時。嘉會期應早，毋忘親串思。

蔣村

荷鋤日暮歸，燈火倏如晦。家在寒林中，牛飯寒林外。

溪莊

孤館傍溪崖，幽人常來往。俄聞翡翠鳴，銜魚立沙上。

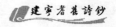

建寧耆舊詩鈔卷六

董　潤藕船参订
張際亮亨甫原輯　後學李雲誥華山續纂
何懋龍松亭校刊

目　录

李大儒　五首

字魯一,邑北巧洋諸生,博綜礪清操,討會莊列老釋諸書,期
於自得,晚年窮甚,咏歌自如,有《愚庵詩集》《道德經解》。

雜詩

黃帝遺元珠,象罔始能得。伯淳數廊柱,累數而轉失。
乃知至道精,初非窮探力。優游與饜飫,久自得會極。
至哉輪扁言,不徐又不疾。

程子觀雞雛,茂叔愛窗草。盎然生意足,藉以資懷抱。
靈臺出檻泉,灂沸庶長好。一夕源不生,方寸立枯槁。
雲臥與天行,氤氳當常保。

皎皎玉鏡清,微雲倏遮滅。天風瞥吹散,太空彌皓潔。
影逼萬象寒,光射八絃徹。有生狥外物,淤泥掩冰雪。
憬然悟本初,圓明固無缺。

山居書懷

親串久相疏,荒荒守寂廬。雀巢墮亂髮,鼠穴出殘書。
靜數階行螘,閑觀沼躍魚。靈臺無俗累,默坐悟元虛。

小窗明月照,啟戶獨徘徊。樹密螢如火,山深蚊似雷。
吟餘清露滴,夜久冷風來。不向方牀睡,披衣坐石苔。

【注】《邵武府志》載李大儒號愚菴,從李俊游,嗜爲詩,博覽莊列老釋諸書,而折衷以儒者之言。冥搜幽討,期於自得。俊謂是有天機,非詩人所解。嘉定王鳴盛,以選詩誘掖,海內後進謂大儒詩與己合,馳書往復,獎勉交至。《建寧縣志》有傳。

李大修　十一首

字簡齋,號菱浦,父敬喬。有長者行,與兄大儒、大仁,弟大伸皆篤孝,友相急難,卒年二十三,有《蔓生堂詩稿》。

雨後由山口至岡上即事

雨歇復山行,萬轉窮林樾。殘滴乍聞聲,嵐翠望超越。
鳥語墮遥天,涼風吹鬢髮。斜日下孤村,高峰映微月。

除日臥病開歲四日方起用黄魯直答斌老韻

煩憂積歲除,况復抱微病。今兹及早春,疏梅放幽徑。
新綠蕩逸情,鳴禽發真性。此中足氤氳,元氣本虛静。

遥遥望遠村,萬物有新氣。幽人抱寂居,淡泊得真味。
和風乍動牖,萌草初坼地。病起樂談諧,不速三客至。

病起述懷仍疊前韻

靈臺净冰雪,欲侵乃爲病。主人嚴旗鼓,追敵窮邪徑。
陡覺天地寬,依然見真性。洞徹啟藩籬,杳杳守空静。

夜深時戰齒,端坐凝清氣。荒雞斷續鳴,六經咀至味。
寒雀巢虛檐,饑鼠凍隙地。起視窗户光,紅日俄已至。

疲馬

疲馬逐邊塵，長鳴怨羈絏。四面起悲笳，千里驚飛雪。
征人但執鞭，不知力已竭。誰是九方皋，殷勤惜疲苶。

獻歲臥病至季秋未愈心忽忽不樂爲賦此詩以自解

愆陰伏陽氣乖正，困憊惢蓄生百病。
灌薰艾炷苦無功，焦火凝冰日兼并。
通眉書客本行屍，奈此黃楊偏厄閏。
抱痾半歲苦沉綿，匡牀輾轉何時竟。
終朝兀臥荒山中，花落鳥鳴紛棄擯。
吁嗟乎！
鼠肝蟲臂亦何常，大椿朝菌俱天命。
解識四大本空虛，生老病死吾無震。
蘇子心安是藥方，維摩神完中有柄。
澄懷驀地得超然，脫却呻吟發歌咏。

旅舍暴雨有作

飛沙裂石天模糊，屏號迅棘豐隆呼。
驟如萬馬向通衢，塵高十丈曳柴車。
又如繁弱張千夫，連珠攢刺金僕姑。
雛鴉撲地饞不餔，傾崖迸折杉松枯。
旅舍蕭蕭湫隘居，滂沱溢入如溝渠。
牆壁傾倒勞撐扶，蛙黽鼠竄煙絕廚。
沉陰凝閉未肯舒，愀然兀坐顏色渝。
從來風暘貴時需，似此一洩無留餘。
胡不待爲旱所儲，滿極而衰可嗟吁。

嗟吁未已雨亦止，屋角鐵馬琮琤語。

呼童整頓酌濁醪，高歌一曲情懷吐。

從軍行

匹馬度龍山，征衣血淚斑。笳吹邊月白，紅旆出雲間。

月出方歸營，將軍怒未平。單于移帳處，鬼火夜偏明。

過梅口鐘二雲漢別墅

千峰回合雲煙裏，中有幽人小結廬。

何處飛來雙蛺蝶，一枝紅杏午晴初。

李大仁　四首

字居在，大儒之弟，年十六補諸生。嘗以道自任，喜宋儒陸氏說。父病，欲知臟腑虛實，嘗糞溺甘苦。禱神求代父歿，臥柩側，哀號達旦，期年以毀卒，卒時自罪，誡兄弟以哀经殮，其母易襴衫，屍疆梗不可，如誡乃殮，年二十五，有《存齋遺詩》。

薄暮遣興

浴罷四體輕，微風入疏綌。閑澆檻外花，偶拾澗中石。

樵唱有時聞，蟬鳴倏然夕。東峰初月來，照見簷隙白。

獨坐拂瑤琴，寥寥思古昔。不知塵世人，何苦爲物役。

關山月

漢月照邊方，征人盡望鄉。那堪聽畫角，兼此逼嚴霜。

沙磧一何白，交河空自長。金閨千里隔，此夜共彷徨。

雪中過飲家葦杭宅

同游胡久曠，積雪滿寒原。不辨經行路，來敲何處門。
青山斜見屋，流水自成村。即此相携好，銜杯一笑言。

西齋獨坐

山深幽鳥鳴，閑坐讀周易。微雨有時來，滿園芳草碧。

李天炎　三首

字光南，在城縣前街人，乾隆壬午舉人。性醇厚，嚴於禮法，
好程朱之學，不近名，接人和恕，事父母雖壯如孺慕。母歿，哀動
鄰里，體素羸，臥苦塊，久遂得疾，甫終喪而卒，年三十二。

歲暮陳疇五金帝京過東山書齋

窮冬戀林室，所懷詩與書。閑吟時自得，陳子欸我廬。
啟甑無贏飯，涉園有寒蔬。中席聞叩門，金君適來俱。
相知蔑禮數，遂與啖其餘。主客各未飽，聊用充吾虛。
清言豁悃素，厭厭日已晡。爲問世味中，視此復何如。

貧富各有營，卒歲何匆迫。維我偷暇豫，含情守空宅。
朋友一來過，日暮乃言別。相將出東嶺，仰視浮雲白。
白雲去悠悠，寒江空自流。中林紛歸鳥，古塚迷高丘。
萬族乘大化，吾生尚奚求。

觀穫

物產貴有成,人生歡所得。耕稼誠辛勤,歲斂稱其力。
茫茫平野回,蕭蕭秋氣溧。與彼東隣子,刈茲南畝穡。
老稚偕來饁,新炊間藿食。相呼啖松下,箕踞話悃愊。
愧我素餐人,終歲營何極。陶公今已没,緬懷長太息。

金榮鎬　四首

字帝京,號芑汀,邑東車陂人,乾隆庚子(據《昭武府志》補)
科舉人。孝友安貧有風概,邃治經義,工古文制義,與光南先生
同爲朱梅崖太史高弟,有遺詩及《易詩偶録》。

香爐山寺作

拙劣成高枕,鐘聲起病顏。不眠愁夜雨,無語對春山。
啼鳥穿花去,流雲過石殘。百年人就老,猶獨伴僧閑。

歲暮懷李魯一

隆陰積歲杪,天陽沈地根。寒林損繁籟,幽壑空泉痕。
生物各知歸,相與閉元門。吾性有良好,亦欲居山樊。
宵彈媚素輝,晨沐戀温暾。冥慮契物初,超象識真存。
南華稱神凝,不爲河漢言。友人在遼遠,寂寞無與論。

月夜飲謝希叔別業

瀲瀲江水清,皎皎山月明。卧起水月間,心神常獨營。
謝生有別業,踞巖俯長汀。聚徒學且教,柴門常晝扃。
我時一就之,意氣爲我傾。沽酒酌山月,江流杯外聲。

藹藹二三子,一一皆才英。我老憎貌敬,欲略爾我形。
相從角拇陣,十指紛縱橫。讙叫動山谷,栖鶻爲之驚。
宵分松影移,竹露明前楹。頹然醉以歸,江上相扶行。

酬鄭開天

晨露清花氣,宵月涵以虛。高崖出雲始,平皋過雨餘。
未能喻所歡,徒令心澹如。對君形欲釋,何翅氛累除。
褒和得心養,媚獨謝浮譽。爲我盡殷勤,贈以索行書。
有言義以周,無言意彌儲。誇者窮枝葉,吉人貴始初。
我欲凌寒水,素手弄芙蕖。

鄧作梅　四首

字汝調,號素民,邑西上查庠貢生,敦行修潔,皆有古人法
度,至老猶著書不倦,有《雪莊詩文集》。

榕州秋望

天高揭青冥,秋空宜回眺。孤雁没平蕪,古石延蘿蔦。
明月入江流,白雲生海嶠。時有蓑笠翁,獨舟稱善釣。

櫪園居士

蕭穆夙所矜,幽貞呈素抱。秋色上丹崖,海中出孤島。
輕風偶然至,落花依碧草。托境淡而遠,斯人已近道。

靈溪

碧落引澄蔓,佳氣散晴昊。紫雲石屺巖,中啟三峽道。
瑰瑋玲瓏石,險絕難窮討。懸瀑縈茲澗,異光發文藻。

林表明霽雪,怪麗成天造。在昔非不靈,反此入奇抱。

未逮題品時,靈溪空自好。

邸舍寄友

客夢依稀繞故鄉,分明猶記話連牀。

相思夜半秋風起,吹上離人兩鬢霜。

黃元度　十四首

字奉左,號藏溪,邑東楚溪廩生,家有薄產,性豪舉,目喜遂
貧,所交多一時名士,與李先生古山尤厚。年四十餘卒。李先生
走數十里,哭之哀,可以知其爲人矣。詩皆性靈語,無雕飾,有
《竹香詩稿》。

燒虱

久客還家日,肌羸虱盡肥。稽康原是懶,范叔況無衣。

發憤殲群醜,延燒破密圍。古來清君側,終藉老成威。

月夕與諸傭保踏歌山中用東坡居士游杭州
山韻佐酒爲樂明日視之皆醉語也

長歌送夕暉,既醉臥石髮。何知兩三松,皎月懸如玦。

四顧境絕清,五情都不熱。遙聞遠寺鐘,適與村砧答。

携手陟岡巒,吹簫度林樾。長溪屈曲流,水月紛如雪。

此時望遠峰,愈寒愈峭折。蔥髻露微茫,蛾眉見恍惚。

安得生羽翰,飛上瓊瑤闕。脫我芰荷衣,換汝神仙骨。

輾轉忽自笑,涉想太唐突。呼童酌巨觥,深杯甘百罰。

憶昨渡困江,天際孤帆發。赤日炙千林,玉顏朱兩頰。

渺茫魚鱉鄉,咫尺蛟蛇窟。月出大江中,興來隨滅沒。
我輩自狂耳,安事苦饒舌。此罰正難辭,應須浮太白。
唱汝醉扶歸,和我西江月。歸去更傾壺,一洗前頭俠。

虹山橋晚眺

大江月出夜迢迢,遠客登臨第一橋。
拚與風流輪後俊,可憐波浪捲前朝。
三山塚樹紅於血,萬里邊聲怨入簫。
憑吊不堪悲往事,故宮秋草已蕭蕭。

沸濤畲題石

怪石嵯峨矗滿溪,崩濤激浪走長隄。
分明夜半蔡州雪,萬馬齊翻碧玉蹄。

秋日洋溪道中馬上鼾睡

鼻觀鳴雷馬不驚,過橋上嶺夢初醒。
誰知白水青天外,一段新詩洗眼明。

讀司馬相如傳

長門一賦壽千金,聽得琴心爾許深。
除却閨中好心眼,半生何處覓知音。

桃花塢

山迴不知春,谷深聞鳥語。風泉樹杪飛,亂點桃花雨。

題錢塘吳萃奎所畫蛺蝶圖

身世茫茫一夢餘,祇應花裏見乘除。
春風過處花饒笑,笑爾南華浪著書。

游鼓山

萬峰飛去一峰回,屴崱濃青法界開。

鳥塚梵音驚日落,龍江波浪拍天來。

參禪酷愛回頭水,題石生憐出世才。

同是昔人吟眺處,天花無恙月徘徊。

代閨人作寄衣曲

寒生香閣夜裁衣,寄與郎穿郎不歸。

莫怪縫衣新樣闊,食言多矣想應肥。

住山雜咏

斜陽薜荔門,靄靄山將晚。牧豎歸來遲,牽牛向月飯。

客中臥病

身病始知道,臥讀神農經。空房夜留燈,四壁青熒熒。

羈旅逐人歡,貧賤還自輕。今來問良醫,乃知病所生。

僮僕各相憂,藥臼無停聲。見我形憔悴,勸我語叮嚀。

春雨枕席冷,窗前新禽鳴。開門起無力,聊復扶欄行。

服藥察耳目,漸覺如酒醒。方悟養生者,不為憂患并。

病起

我愛好山水,淘洗詩中情。朅來山水間,白晝臥春晴。

天公殊相知,復予我以病。病中玩山水,詩句覺愈勝。

但怕病忽愈,割斷山水綠。譬如酒醒後,出語不能顛。

起帶瓊臺雲,隨風下山去。搔首山上庵,記在猿啼處。

建寧王君丹溪祖母陰繼母劉生母鄢暨君之配曾三世
四婺婦各以才節著聞今年九月其子朝北彙名人所作
傳序屬予爲詩詩以美之

江城霜落夜氣清，古木颯颯寒螿鳴。
挑燈讀四節婦傳，慨然起嘆心屏營。
立孤赴死果孰易，強爲難者悲程嬰。
程嬰固自真男子，誰謂巾幗埒冠纓。
古道如此不易得，乃復一門集四貞。
邈矣風詩吟匪石，懷哉大易著無成。
人生孰不有至性，臨事忽忽喪其情。
所以妻道等臣道，死不忘君況是生。
孤吟彷徨繞中夜，霜籬寒菊含餘英。
照見山人作詩苦，女牆矗矗生月明。

余春林　七首

字應侯，號潤園，邑西里心人，乾隆乙酉舉人，任松溪、晉江
教諭，著《潤園詩集》八卷、文集一卷、《匡居邇言》。

秋懷詩

登高覽八極，天地何蒼茫。浮雲自紛馳，孤雁復回翔。
商聲從西來，飄飅吹我裳。蜻蛚今已鳴，草木萎嚴霜。
長天下白日，巖壑無留光。當茲百感交，閔默愁中腸。
壯懷曷有極，撫劍徒彷徨。世人寶瓴甋，瑜瑾弗爲良。
君子珍諸己，至美取自張。荏苒百年中，毛髮半已蒼。
逝將樹蕙草，毋使心憂傷。

夏日田家

群峰列戶前,流水爭繞屋。平原草木繁,日出多樵牧。
黍稷既盈疇,子母瓜旋熟。斗酒會四隣,談笑自親睦。
野老知稼穡,及時勵童僕。豈不念安居,辛勤乃多蓄。

游靈巖

野曠人亦閑,扁舟掉輕槳。逶迤逗林隅,登陟凌萬象。
援雲絕垢氛,憩石歡偃仰。煙禽矯逸翩,元猿屬哀響。
雲翳遠山微,夕照平湖廣。臨風舒長嘯,寓目饒心賞。
宮觀何玲瓏,殿宇復宏敞。悟空無滯形,契冥詎外獎。
達生古所欽,違已究焉往?幽蘊誰共知,東林初月朗。

登江上閣

高閣臨江起,登攀日漸西。煙中浦樹合,天末海雲低。
羈旅情何極,鄉關望轉迷。檻前新椏外,處處晚鶯啼。

示舍弟作仁

崎嶇嘆世路,顛躓須携扶。爾我異所生,相恤猶同軀。
離別未永久,爾貌忽已癯。事業百年中,此身焉可無。
藥餌非所恃,葆真爲良圖。坦懷長疏散,智巧適自瘉。
所以古君子,抱樸終如愚。爾當慎自取,毋使我心瘉。

春日田家

楊柳池塘曉露盈,杏花籬落月微明。
老翁獨起飯牛罷,布穀時聞三兩聲。

南岡

驅車上南岡,駕言恣游遨。長江天際來,日夕流滔滔。
崖岫落寒木,蕭條秋氣高。群鳥縱橫飛,獨鶴滯九皋。
壯懷不獲騁,曷由辭蓬蒿。素履當自貞,懷古仰賢豪。

寧人望　二首

字立乎,號幾軒,在城人,乾隆乙酉拔貢,有詩稿。

贈湯丈渭川

丈人磊砢不偶世,午屋無炊恒寂寥。
拚令案頭渴螢蠹,不妨戶內懸蟏蛸。
多時秋堂陪竹杖,幾度宵雨剪韭苗。
昔游十載驚一瞥,儿年種樹行可樵。

顛毛種種浪自皤,著書耽寂如頭陀。
半世行止笑鳩鸒,百紙文字流江河。
何人入地骨不朽,誰家塌塚石可摩。
丈人睨此用自足,那須慨慷牛下歌。

姜　紳　一首

字民章,邑北藍田諸生。

贈內兄李懷遠

巍巍嶺百丈,疊疊山周遭。原野廓有容,田疇翻雪濤。
念彼幽人居,耕食樂陶陶。話閑及樵牧,世事聽儿曹。
親朋適來至,歡言酌香醪。園蔬薦春韭,風味美肥螯。
田家有真趣,長此相慰勞。逝者前溪水,汩流嘆滔滔。
葛天寄予思,淡然念風高。

鄢九鎮　六首

字翰臣,邑北藍田諸生,有《博山詩集》。

贈從兄薪之

拂衣辭井邑,歷覽眷江湖。束裝涉長薄,理棹泛行艫。
野曠音形隔,川遙風景殊。靡靡即異鄉,遙遙思故都。

故都豈不懷,異鄉聊自娛。援蘿睇稽山,垂釣餌桐廬。
蒼波媚綠篠,曲汜戲青鳧。亭皋淹晨暮,佇概逾踟躕。

踟躕客況遠,輾轉恩愛虛。本期同言宴,胡乃異方隅。
嘉會既無常,獨行誰與俱。撫己懷感傷,遇物增鬱紆。

鬱紆易永久,變衰在須臾。涼飆激深谷,寒雲暗通衢。
日落聽哀狄,月明見野狐。蕭條巖巒夜,漂泊洲渚餘。

洲渚靡所諧,巖巒徒相思。世道終嶮巇,天運亦差池。
順命竟誰迫,長戚還自嗤。緘情託微章,引領翼來歸。

秋夜對月書懷

玉彩斂塵氛,金風剪榛棘。平原一眺望,景氣美無極。

水中漾浮光,松際停幽色。荷露的若珠,筠葉净如拭。

境閒欲遂空,神清道自得。默爾憑化遷,悠然聽時息。

天寒木蕭蕭,山幽蟲唧唧。静玩固多懷,浮榮奚足弋。

徜徉度深宵,沉吟理散帙。

建寧耆舊詩鈔卷七

范祖義宜庵校刊

張際亮亨甫原輯　後學李雲誥華山續纂

何象新子銘校刊

目　录

鄢　松　二十九首

字邦用，號蔚崖，邑北藍田溪楓廩貢生。少鈍甚而好讀不已，既冠，始豁然，所作輒工。外視家人產，歲除缺炊，猶誦不顧。里中學詩者，多所裁成，有《長嘯軒詩集》。

登烏君山

嘯傲耽空寂，羈栖類逃禪。崔嵬城東山，雙笋遥參天。
崩雲疑落石，衝飆訝急弦。峭削人功絶，鐫鑱神功全。
客慕積三時，茲辰日西躔。崎嶇欣陟賞，縹緲望聚仙。
前登喘升梯，後顧慓隕淵。攀崖墜狡狖，站壁驚飛鳶。
龍宮構半嶺，徜徉窮幽妍。拳樹舞潛蛟，奔瀑戛湘絃。
秋華吐瑶草，晚篁縈碧煙。何由遇徐仲，采藥引頹年。

挽李簡齋

余與李君魯一存齋善，簡齋其季弟也。時相過從，簡齋年甫弱齡，余甚器之。稍長善爲詩，今其所存可考也。人方期其大成而卒以夭死。存齋死，余既爲詩哭之，今又哭其季弟。十餘年間，父子兄弟之死者五六人焉。則爲我友者悲，何如也。

靈鑒杳難諶，荒運何悁懞。孕育矜梧桐，摧折疑菲葑。
哀哀彼姝子，弱植已邁衆。高情薄錢劉，逸藻羅屈宋。
未化溟北鯤，遽鎩河東鳳。余生仰麗澤，總角交伯仲。
竊思孝友風，益緬文詞重。十載履顛沉，死喪嘆趾踵。
殉命乖仲歡，促生彌汝痛。夙踐奄殊塗，曩游竟幻夢。
疏櫺月空明，琴几塵還壅。情絶託哀絃，人琴兩成慟。

書齋觀雨

重雲障秋空，驚飆起幽谷。高松自動搖，清韻時謖謖。
須臾涼雨來，黯黮帶長麓。高齋聊掩卷，灑然樂幽獨。
門外絕行人，檐前懸飛瀑。雨歇空山静，散步且游目。
迴望午炊煙，濛濛隱茅屋。

邊城將

朔風吹暮角，征馬起邊愁。瀚海雲俱陣，陰山月已秋。
登城傳楚矢，拂石試吳鈎。誓斬匈奴首，歸封萬里侯。

榕城晚望

蒼莽夕陽城，秋高鼓角鳴。寒雲歸暝浦，朔雁帶邊聲。
愁對樽中酒，遙興天際情。今宵千里月，還其故鄉明。

喜謝馨葉枉訪

多情勞故舊，問我近何如？生事終無計，閑情別有餘。
惜花驅野雀，散食引池魚。更喜書齋接，時來一起予。

聞滇南邊寇已平喜而有作

貂裘大將本關西，朝捧霜威檄五溪。
已有奏書對呂凱，直須按部到高黎。
黃雲萬里隨箛鼓，赤幟千竿拂電霓。
此度種入應肉祖，蘭津鐵鎖不須締。

隆山落日叫鵂鶹，太白星臨漢壘秋。
一自射鵰傳李廣，爭看躍馬試吳鈎。
玉泉露散恩波涌，金馬雲開烽火收。
爲語聖朝無內外，莫將兵甲擾鋤耰。

太行駃騠泣斜暉，牢落監車志屢違。
汗血已隨秋雨盡，拳毛空逐朔風飛。
班超投筆三邊靜，安石彈棋一戰威。
懷古猶聞南徼報，請纓無力達宮闈。

邊秋

風號朔馬鳴，雪深南雁没。夜半角聲高，吹落關山月。

少年行

七尺久能輕，誰爲知己者。朝朝聞羽書，空撫艷光馬。

采蓮曲

蓮子多苦心，藕絲縈不斷。剖心與郎嘗，折藕與郎看。

閨怨

不恨郎情薄，情深更可悲。相思誰共語，唯有落花知。

秦宫

徐市多時去不回，君王玉輦在蒲臺。
神仙應笑童男女，盡與沙丘作刼灰。

漢宫

甲帳枕香侈彩樓，君王從此好仙游。
憑誰問訊瑤池宴，青雀重來滿目秋。

晋宫

宴罷西園踏月回，禁門鎖鑰迥難開。
城南小吏誰曾見，莫訝羊車夜半來。

隋宮

舳艫百萬下揚州，楊柳陰陰來御溝。

四十離宮都幸遍，風流天子號無愁。

涼州詞

玉關萬里阻黃河，秣馬霜天獨枕戈。

羌笛一聲腸已斷，不須更聽隴頭歌。

擬古戍婦怨

聞説將軍夜戰歸，殘兵孤壘賀餘威。

胡笳自是傷心曲，莫怪匈奴欲解圍。

絕塞

絕塞年光夢裏過，黃雲白草暗交河。

健兒忽唱關山曲，一夜春風柳色多。

西陵

君王遺命記親承，猶許高臺朔望登。

總帳牙牀歌舞罷，美人無夢到西陵。

龜山庵池上作

空門盡日少人過，一卷楞嚴養夙痾。

薄暮池邊山雨歇，芙蓉露重水螢多。

閱唐書

千里塵飛換馬臺，宮中馳奏禄兒來。

諸臣不用驚驕蹇，金障曾依御榻開。

曳落河邊牧馬繁，一天邊月照旗旛。
可憐玉輦蒙塵日，不省何人毀短垣。

隴右河西總震騒，六軍誰念至尊勞。
延秋門外休回首，碎盡梨園檀木槽。

咏古

龍膏徹夜注冰荷，香散沈檀繞玉珂。
試問承恩方外士，神仙孰與帝王多。

高懸甲帳闢龍樓，好道風聞到九州。
下盡金人無限淚，露盤冷落對殘秋。

嘲月

一輪高掛斷腸時，慣向天涯照別離。
畢竟嬋娟誰是伴，瑤宮歌舞亦成悲。

南唐宮詞

瑤光殿上北風悲，玉貌淹成死別期。
金屑檀槽都冷落，内人猶唱恨來遲。

鄢 械　十二首

字帝陽，松之弟也，有《靈谿詩集》。

殘菊詩

械屯蹇多病，形容憔悴，閉戶累月，仲冬稍愈，偶過書齋，見黄菊凋零，感時序之倏遷，嘆人生之有幾。然昔人愛菊，謂其早植晚登，冒霜吐穎，悦悦茂於搖落之時，剪綴乎高人之境，正色惟黄，稟氣獨静，豈凡花之夭嬈，得春和之可幸？奈何時至氣侵，百物既隕，顧茲美質，亦受摧殘，未免有情，誰能遣此？因爲詩以悼之，且序其無聊之感也。

四序自相催，流光迅轉軸。奄忽值寒冬，誰念無旨蓄。
卧疴絶故人，憔悴隱深谷。薄言游郊甸，凝眸觀萬族。
廣野何蕭蕭，平疇散霖霂。秋花盡委英，寧論東籬菊。
撫景獨踟躕，念來良已慼。桃李當冶春，榮華耀衆目。
夭嬈易即衰，曷怨繁霜速。嘉卉諒難凋，況乃凌霜緑。
舉觴思一醉，灑然盈我掬。過時亦枯槁，孤情誰與屬？
唯餘君子居，歲晏猶自馥。

一庭已蕭寂，白日將欲傾。坐對凌霜枝，咄嗟傷我生。
萬物有由悴，斯人豈長榮。奄忽隨幻化，壽考如電驚。
況乃衰薄軀，遽然一葉輕。誰能戒馳騖，人世了無營。
勞生終有極，所保或虚聲。逝矣歲雲暮，昔人懷此情。
茆堂聊復掃，敝裘勿憚更。郊園愜素心，静聞寒鳥鳴。
還當釀美酒，束籬時稱觥。

羲御忽將逝，四壁斂微陽。郊園非夙玩，節序徒蒼茫。
坐愁今夜永，慰我有壺觴。聊且斟酌之，沉飲或能忘。
啟户矚天末，衆星璨成行。倏覺纖雲净，華月流空堂。
涼飆殞故條，餘英冒我裳。物性會有極，茲植寧久長。
但恨所欣賞，卒歲無遺芳。

誰謂甘谷水，飲之可延年。誰謂玉笥花，服之可升天。
當時得所貴，於今亮不然。冷冷幽人宅，凄凄琴几絃。

124

九秋雖旦暮，高會散如煙。緬懷白衣令，提壺曾纏綿。
故人成契闊，出戶首頻延。浮雲翳迴野，流水洗寒川。
萬有倏歸寂，獨鳥去翩翩。眷念滋生意，躑躅東籬前。

呈櫟園先生

何年夢謫仙，顧盼下飛閣。玉龍不可控，逍遥馭鸞鶴。
謳吟發清響，風簾輕翠落。由來溢底蘊，豈徒誇廣博。
譬彼鬱圓靈，會須吐磅礴。大江變濁流，沃野望飛霍。
茫茫欲何往，極目轉蕭索。晚節避紛喧，翱翔丘與壑。
青山靜聞歌，白雲行采藥。丹穴無鳳鳴，深林栖一鶚。
在戚每常忻，天地非吾虐。賢達固如此，賤子更焉託。
庶幾乘扁舟，願言湖海泊。

節婦吟

節婦李許配鄧，未適，夫病殞。聞訃往詣其門，哀號幾絕已，則更素服，任中饋事，誓守義以自終，而鄉里卒無遺議焉。夫以田野女屬克標峻節，瑣瑣丈夫視此何如？揣意撰詞，蓋亦不勝三嘆息云。

苦莫茹蓮心，冷莫飲泉水。物性有如此，賤妾何獨爾。
結髮爲君妻，夢寐馳侍帷。巾帚行當執，甘苦同所持。
豳風歌公子，東山咏結褵。託身苟得所，會合終有時。
詎意陵上柏，翻隨秋草萎。夙願竟何在，撫心始自疑。
匍匐奔到門，一顧涕漣洏。鄉里亦含酸，老姑拉我悲。
鴛鴦絕交頸，羽翼遽分飛。生時兩不見，既没寧相知。
拭淚對姑言，匪石終不移。瞻彼河洲鳥，關關逝相隨。
況我同心帶，結以長相思。君作窮泉土，妾亦濁水泥。
浮沉豈異勢，幽明心不暌。抱行側嫈嫈，顧影乍離離。
形影倘能接，何殊雄與雌。

烈婦吟

烈婦,余同邑官體元之妻,其家世蓋江南鄭氏女也。官既娶,後寓江南數年,以事死獄中。其弟發柩還里居。無何,家人欲其改適,鄭氏仰天哀慟不已,即梳浴更衣,上下密縫,自縊而死。余奇其從容赴義,作《烈婦吟》。

蠕蠕蓼蟲爾,避葵彰厥名。　賤妾抱酸辛,相感若乎生。
君子既下世,華屋無餘聲。　翩翩寒雀集,噪切夕鵙鳴。
時窮阻泰運,木落萎芳英。　心知去不返,遏以慰孤征。
苟生物所欲,無乃違我情。　百歲誰長存,況復感精誠。
穀則匪異室,死當同丘塋。　歸命君所安,妾心亦已乎。
引繩終已矣,身世豈爲榮。

自春徂秋寒暑間之興言在昔每契於懷簡楊翰之

舊好不可要,新知復久隔。　道路匪阻長,風雨邈難適。
幽恔方臂悶,蕙草徒紛藉。　欣欣媚顧瞻,采采盈肘腋。
豈不慕儔侶,孤賞空愧惜。　置之篋笥中,黽勉閟蓬宅。
歲月忽改素,霜露早凝白。　可憐繁華姿,憔悴異疇昔。
芳心既莫問,過時詎紬繹。　非君解人意,離思因誰迫。
鬱鬱澗底松,青青陵上柏。　松柏有本性,歲寒終不易。

酬家兄舟中見示之作

爲客去親愛,誰憐游子心。　孤帆千里道,滄海暮雲深。
冷月明沙浦,秋風暗橘林。　同懷興不薄,還欲嗣徽音。

宛馬

宛馬從西下,昂藏越草萊。　風雲千里合,道路百蠻開。
不省何龍種,群誇出險才。　功成憐骨立,猶擬戰場回。

126

客況

壯年曾未厭萍流，南北飄搖獨掉頭。

到處關情皆墜淚，看山無地不登樓。

朔風獵獵沙堤草，凍雨冥冥石瀨舟。

一酌私懷將不極，江邊日暮泛輕鷗。

老婦詞

飛花曾逐舞筵空，回首當年似夢中。

欲剪秋霜明鏡裏，可憐無地泣東風。

鄢　楓　一首

字羽可，邑北藍田溪楓諸生，有《谿園遺稿》。

寄族兄孟卿

朔風滿天地，山月送寒光。一夜霜華白，子林木葉黃。

撫時驚往事，獨立憶同堂。何處舒愁望，浮雲自渺茫。

何曰詔　二首

字鳳來，號蕙田，邑西大南人，乾隆己亥恩科舉人。歷任永福、松溪、歸化教諭。

題永陽方廣岩八景之六選二

瀑布泉

何處飛流拖遠厓，長虹如練雨如絲。

晴川搖落光風起，知是山僧濯衲時。

望仙臺

嘆息求仙計亦迂,眼前丘壑證方壺。

高臺引領雲深處,可有瑤華宮闕無。

何日誥　四首

字梓峽,號穆嚴,邑西大南歲貢生。嘗受業朱梅崖先生,治古文有聲,品誼遵先軌,以壽老焉,有《深柳讀書堂存草》。

冬晚溪樓對雪次蘇東坡聚星堂咏雪禁體韻

溪頭釣艇浮一葉,孤蓬滿載寒溪雪。

高樓對此心魂清,萬事如麻都斷絕。

庾公儘可胡牀設,謝客無須屐齒折。

鈃山三章黃竹謠,蔡州一夕鯨鯢滅。

兔園詞賦楚客歌,瞬息流光如電掣。

憶昔豔陽花滿谿,黃四娘家鬥綵纈。

老物摧落悲秋霜,攩隙沙頹聽蕭屑。

繁華盡付春夢婆,只今到眼風花瞥。

清景一失後難摹,此意正堪知者説。

鶴氅要是塵中衣,尋聲試問蕤賓鐵。

松棚 次朱石君夫子倡和詩韻

江鷗輕點梅花片,我閑似鷗更奚戀。

紛華道德兩烏有,先生休矣誰交戰。

栖身安得蟭螟巢,愛客頗樂蠅鬚醮。

今年畏熱如畏虎,兩手不住搖長扇。

128

架松作棚來清風，我知風勞風不倦。
居然漢吏去義寧，那用周書苦瞑眩。
披襟儘可忘雌雄，爲士豈必區貴賤。
却思大野如火燒，鋤禾汗滴土已徧。
盤餐辛苦竟誰念？視蔭亦復叨天眷。
何當更沉五石瓠，細鍼如水江如線。

偶作

不須瞠目矚青天，猿鶴沙蟲儘可憐。
流水自深花自放，瑤琴一曲意誰傳？

月夜偶與勝來小飲董匡民書齋

月色常如此，清歡有幾人。風霜顏易改，兄弟老逾親。
酒定誇誰健，狂猶愛我真。宵鐘聽未徹，相與惜芳辰。

何曰謨　一首

字聖來，號垕陽，邑西大南諸生。

看梅雜詩

溪汀曲曲野人家，到眼春山樹影斜。
坐覺幽情驅未得，却沿流水問梅花。

何　燦　二首

字群珊，號珠崖，邑西大南諸生。

129

擬和昌黎短燈檠歌

丈夫落拓氣焰長，雙眸炯炯流電光。

浩歌暗室屋瓦裂，繁音古直雜悲凉。

遠思馳馬度沙磧，那意挑燈踞石牀。

自從不作湖海客，苦向陰符尋秘策。

移文深愧北山青，篝火坐守東方白。

短檠夜夜葛幃前，心事欲眠還未眠。

擁書萬卷得專恣，絕勝圍珠并繞翠。

嗟哉列炬照紅粧，怪底短檠被簡棄。

又效長吉體和短燈檠歌仍次原韻

霜嚴夜静角聲長，斜窗皎潔月流光。

短檠熒熒照硯北，幽懷轉徙傷炎凉。

仙人遺我華胥枕，措置玲瓏碧玉牀。

匡家壁孔來丹客，吹熱藜頭輝杖策。

荔宮嬌女千珠燈，掩映房櫳雪山白。

此時透徹三生前，燈花逼剝驚醉眠。

單裘束體不敢恣，起看落燼餘寒翠。

深宵更問短燈檠，夜光暗投誰屏棄。

朱文旒　一首

字冕垂，邑北黃溪楊林諸生。

書西州曲寄託

我寫西州曲，君爲南浦辭。長途千萬里，一樣是相思。

130

建寧耆舊詩鈔卷八

董　潤藕船參訂

李雲誥華山續纂

張際亮亨甫原輯　後學　朱元桂植椿校刊

朱亨中時亭校刊

目　录

李祥賡　二十七首

　　字舜廷,號古山,邑北巧洋歲貢生。生平德養粹完,遠近敬愛,卓爲一代名儒,不屑意於詩古文字,而游藝寄興,咸超脱樊籠,令人嘆絶。詩兼美百家要,其所以自得,則發於道氣,而妙于語言之外。殁祀鄉賢。有《讀易慎疑十卷》《古山文鈔》《龜鳴詩集》。

對月

高飆盪奔雲,天角驅出月。望舒騁飛轡,恣意不肯歇。
素娥未及梳,鬖鬖垂寒髮。上窮躋乃休,高絶光愈發。
乾闈失奧突,坤維洞開豁。海嶽涵微茫,今古鏡超忽。
而我一寸心,縹緲隨空闊。經年足悲咤,哀泉暫一遏。
肺腑得清新,動植見纖末。長嘯激天風,飛愁灑溟渤。

偶行

木落秋山空,脩然見真態。清蒼太古色,根極虛無内。
峻峰蕭崢嶸,寒陸净瀟灑。神飆叩虛壑,淵鏗奏靈籟。
余亦學淡泊,此境良所愛。永日不逢人,天機默相對。

中秋

纖雲四净疏星高,皎月下照窮秋毫。
空明如水看不足,藻荇交橫鏡中緑。
連山合沓若回波,驚烏忽起游魚過。
天長波遠望無極,長風吹愁動胸臆。
年年八月中秋好,一年一度人易老。
朝顔不屑比春華,暮髮行看畏秋草。

幾年不弄芳桂枝，姮娥盡意無留輝。
天邊有淚不成雨，散作輕花何處飛。
此身那忍便拋擲，守得丹田鍊金液。
風前自舞五雲衣，日下遥飛雙鳬舃。
瑶池歡宴樂未央，舉瓢酌天傾天漿。
持杯大笑月在手，一一飲茲明月光。

遣意寄朱冕垂

楊柳春啼鶯欲曙，簾鈎風轉雙鸞舞。
巫娥夢斷嬌不行，膩葉迷花濕香雨。
嫩紅醉日懸春心，含愁作態摇孤琴。
羲鞭不惜驅春老，絲桐自咽難爲音。
古雲匣鏡埋龍子，曾泛纖蛾動秋水。
黃金不肯買青春，鬢絲暗裊霜花起。
空山曉色浮氤氳，紗窗影弄松篁文。
玉容寂寞當春闌，帶寬心窄徒思君。

秋曉偶望

露渚煙沙拂水洄，蒼山黃葉倚天開。
日光遍帶雲霞動，風勢斜盤鵰鶚回。
綠髮漸應疏病骨，清秋誰與上高臺。
獨將物色乾坤意，齊向蒼茫俯仰來。

一望高秋壯思飛，幾年愁病失清暉。
晨陰漠漠閣深掩，夜色荒荒夢獨歸。
已惜空山淹日月，翻然爽意入簾幃。
振衣便向層霄迥，俯看行雲歷翠微。

夜尋下窑坑觀蓮遣懷有作

美人竟何在,待我碧雲端。風露清秋夜,深村煙水寒。
予懷托佳境,靚質接幽歡。向晚層霄望,相思應未闌。

三月十日遣懷涉筆成詩

人生當幾春,憂樂復何如。逐逐百年內,所愧寡閑居。
春風爲我笑,春色爲我娛。幸有一杯酒,胡不醉斯須。
茫茫天地闊,置我於太虛。空花自生幻,來往相乘除。
運會本無心,何爲滯憂虞。聖者乃達節,知命故不渝。
渾渾抱至樂,觀化寄蘧廬。青山當窗映,茂樹静相於。
好鳥忽以鳴,悠然見元初。春固在我爾,心境何用殊。
千秋與一日,吾安知之乎。

歸松谷

山光別未久,古色已蒼然。知我不得意,白雲相與還。
因來長松下,拂石聽流泉。仰見雲外雁,冥冥入遠天。

秋夜不寐讀韋莊雜體詩戲傚其體寄冕垂

金釭香焰轉,繡帶羅帷卷。室虛愁自盈,思深夢已淺。
夢殘不成眠,花影弄窗前。折花寄明月,芳意到君邊。
君如秋眠蝶,魂冷幽香接。夢中泣衰草,破涕開嬌靨。
嬌笑復誰親,起行花月新。可憐身上影,還是夢中人。
人今在何許,垂柳隔煙渚。垂柳短長條,情絲拂板橋。
板橋非一處,處處相思路。落葉暗行踪,迢迢樹影重。
重樹暮雲晦,愁心落雲外。雲裏寒蟬鳴,樹樹作離聲。
蟬聲落月急,兩地花前立。露重警花心,爲憐羅襪濕。

秋居叙懷示同學七十韻

弱齡服世業，放意追古豪。苦心事筆硯，角藝雄朋曹。
橫經攄講席，左右列英髦。撫己忽自笑，豈足任甄陶。
古人于立身，不以文字高。而況經術淺，行潦非江濤。
挹注偶杯勺，經年塵桔橰。荏苒逾一紀，所成如秋毫。
終傷知己意，癙寐心煩切。自非般輸儔，斲削徒爾勞。
覽鏡起長嘆，綠鬢生霜毛。沒世已可知，寂寞埋蓬蒿。
無聞豈不閔，見惡猶恐遭。行年將四十，回首增牢騷。
秋風激壯意，曠然思遠遨。東瞻岱嶽雄，聳身接飛猱。
萬古風雨聲，颯沓來西崤。蒼梧南雲端，九嶷疊嚴嶅。
薊都北葱鬱，日月曜神皋。玉皇開泰清，百神衛旌旄。
列宿張廣樂，龍鳳鳴嘈嘈。和聲暢海宇，萬類俱覆燾。
蓬瀛任信宿，滄波戲靈鰲。玉籍忝仙客，金闕日翔翶。
廣成倘不逢，舉手謝盧敖。茫茫天地外，一氣相皋牢。
上摩碧落頂，下拂崑崙尻。海嶽辨影象，煙雲互斜撓。
快哉汗漫游，至樂歌慆慆。誰能騗意馬，久爲物外逃。
還復理簡籍，鼓篋破塵韜。心靜氣亦肅，妙音響琅璬。
睢麟諷周召，謨誥誦伊咎。理穴有孤人，意緒無窮繰。
破的夏服箭，切玉昆吾刀。清如襲蘭氣，爽若餐冰桃。
豈云無所得，井李苦餘蟠。饑來始求食，一咽誇老饕。
四體竟不肥，於人何能膏。深慚抱虛願，鬱鬱暗不號。
桑弧兆墮地，至今反垂囊。但爲連雞栖，不與長馬槽。
且當豹隱霧，無復鷺持翱。幽居遠塵俗，深谷頗嶛嶆。
碧池拭明鏡，綠莎纈繡袍。巖稑團秋雪，野葛蔓春莩。
欹亭倚梧桐，疏窗拂篷筹。境清慮可淡，理愜命不謟。

何爲屢覬覦，連歲飛輕舫。水石盤一線，獨進無連艘。
舟師不敢瞬，失手摧篷篙。冒險冀有獲，果得飽蟳螯。
科名信時運，貪妄安所叨。既往不可諫，茲事無焦熬。
即今秋已晚，時光逝滔滔。禾稼看畢登，我田未耘薅。
登高賞佳節，側帽驕遠颺。豈伊爭勝概，無乃招訾謷。
閉門絕游迹，石徑滋莓薕。餐英采籬菊，飲露承松醪。
嗜古甚饑渴，洗心劇澄淘。挑達飭衮佩，沉湎仇醻糟。
前途視砥矢，失足顛坑壕。屢進得夷懌，一退徒悲咷。
避辱凛塗炭，陳力警鼓鼙。時與二三子，吟咏聲蕭颷。
鳥鳴感求友，魚樂觸觀濠。匪直任窮達，兼欲辭譏褒。
雖乏經世術，野處亦嚻嚻。眷言吾黨士，方寸勤存操。

過龍山寺贈徐

松風引幽步，來聽空中琴。遂造静者室，松花落户深。
禪堂夕煙起，香風泛空林。静理一相證，寥寥絃外音。

留鬚

憶昔濯髮銀河濱，滿月映水搖綠雲。
玉窗沉沉愁天孫，一笑避世三千春。
煙霞過眼無顏色，惟愛玄天清不極。
興來長嘯破紅塵，千山萬山飛靈霹。
但道日月從予游，寧知來往更春秋。
朝來庭葉向我嘆，使我兩鬢聲颼颼。
鏡裏朱顏倏非昔，回首茫茫天外客。
御風還到白玉京，名字依稀在仙籍。
帝旁玉女方投壺，顧我乍欲驚嗟吁。
適何來者山澤臞，繽紛頰頷多髭鬚。

136

扶桑高枝掛輕幘,掀髯狂揖群仙伯。

龐眉皓髮美且鬈,却笑頑堅是金石。

碧桃已見花飛時,于今結實應離離。

相將携手東方朔,伐毛洗髓從黃眉。

放歌

我不如園中草,無實虛沾雨露恩,猶有鮮花答晴昊。

又不如枝上蜩,人間之食一不食,力引清響排塵囂。

寬裾長袖作儒者,世路日高眉日下。

掉頭不肯錢呼兄,閉口一任枯腸鳴。

祇將筆硯作耕稼,豈有一字肥蒼生。

皇天生我一物耳,安用鬚髯如戟作。

男子已判七尺付,一瓢耐有寸心輕。

萬里傅巖渭水繫何人,詩書亦老伏與轅。

揣摩久薄蘇季子,爲論不念張侯文。

君不見商山老翁久遺世,偶然一出定神器。

釣臺竹竿二百年,一絲力足繫漢季。

求仙成佛吾能爲,著世此身輕棄之。

上高堂,一揚眉。老萊子,真吾師。

朝爲梁父吟,暮諷南陔詩。

杜陵布衣窮且拙,心精炯炯千載熱。

謫仙秀句破荆榛,亦欲垂暉映千春。

我如飛螢抱寒焰,强與衆星上下羅秋旻。

便令年年仍化作腐草,微光萬變徒爲身。

吁嗟乎嘆且悲,愁憂如山不可摧。

不憂終死填溝壑,未知亂世誰男儿。

仰天一嘯聲入雲，日光四射開天門。

請看東山高卧客，無令曲學誚公孫。

留別胡生道遠

贛江山色論交淺，却爲歸帆首重回。

別後君能相憶否，春風吹到鬱孤臺。

十四十五夜月極明作詩示紀勳

皓月有喜意，婉變來軒楹。衆色俱到眼，遠近生光晶。

前時屢顯晦，昨夕蟾始明。越宿飽風露，鼓腸揚其精。

浮雲外來往，虛白無纖縈。欲呼陳生來，視此天宇清。

新著諸生服，未足快平生。漸當如月潔，即可戒月盈。

姮娥笑不語，碧漢淡空橫。

蘆庵避舟從崖壁間行 庵或作蹯

建溪鬥奇險，自古首蘆庵。我行未登舟，送者戒再三。

萬山若追奔，甲胄馳風驂。怒龍裂其勢，噴珠射煙嵐。

夭矯安所極，碧海天爲涵。小舟如驚魚，跳躑力不堪。

鬐尾倏奮掉，聲與雷雨參。往時舟中人，語禁顏如藍。

今從絶壁觀，心悸目敢眈。崖石累下赴，渴牛飲泂潭。

長風戰高林，戈戟相摩鋄。沈碧動無底，森然護龍龕。

落日暗西浦，霞彩翻東南。山水各變態，夷險忘苦甘。

倚篷聚慰勞，自笑真頑憨。避險亦幸耳，萬事安可貪。

何當清塵累，欲與新月談。

十九二十日舟中

嚙波穿石脇，炫眼盪青碧。山容開微笑，似有欲晴色。
涼風髮蕭蕭，衰鬢喜映日。雲陰散還聚，交歡未肯釋。
安能憐吾徒，坐臥各困默。孤吟句鬱紆，天日稍為出。
起見賣魚翁，問之不言值。箬篷薄如紙，游與閑鷗適。
吾意何所羨，乍覺煩憂擲。蒼茫縱遠目，煙靄杳無極。

二十二發尤溪口至茶洋宿明朝飯罷寫三首選一

凝望倚孤篷，初陽見山曉。浮光射空碧，重雲開一竅。
漸看秋宇清，始覺遠峰妙。岳溪數十家，粉墻盼光曜。
沿洄舟行久，日昃樓角峭。還隨歸林翼，更綴前波棹。
際暮泊茶洋，隣舟各呼笑。沙岸石磊磊，坐與晚風嘯。

泊延平

群峰挑雲出，碧色飛空界。光動雙眸間，峭拔千里外。
舟行望雉堞，正倚翠屏大。閩中控四郡，上游此其隘。
古今幾艱夷，設險實一概。左右交長川，環城委紳帶。
夾岸峙崔嵬，屹若雙闕對。我行喜安流，興與山川會。
泊舟劍津前，日射波光碎。宵澄傍星斗，俯看雙龍背。

城門衕

山水態相媚，濃綠明于染。淵淪縱長流，波平束猶險。
石腳直插水，壁立各莊儼。草樹鬱深沉，潛鮫戲崖广。
扁舟如游魚，瀲灎聲喁嚵。中游亂光景，明滅互映掩。
前洲稍曠衍，反覺秋容淡。

觀漲

百川各奔赴,雲霧相與會。得非蛟龍移,意到滄海快。
碕曲怒噴薄,波瀾動光怪。巨石在中流,吞吐弄珠貝。
萬木助氣勢,絳綠颭旌斾。鐘鼓遠逦作,聲挾風雨大。
耳目信奇偉,翻嫌山水隘。更踏長虹行,俯看江湖外。

初九夜坐_{明旦揭榜}

青天時有雲,月色屢明晦。庭花聞暗香,人聲雜門外。
異鄉不知語,似覺喜意快。此時人人心,各有舉人在。
我亦與人同,適得清境會。偶然謝浮想,澹寞一燈對。
几間舊觀書,繙閱頗解愛。于此泯喧擾,心境兩不礙。
憂喜幻須臾,良宵易馳邁。明河轉碧空,仰看疏星大。

第二場入闈號舍無事書數韻

烈日不敢畏,隨踵進以寸。歡呼聞唱名,越裳蹶一奮。
意外免搜撿,揮前力已困。蹣跚受試卷,號舍認不紊。
側足蟻得穴,寬哉身可運。左右舒一臂,檐光逼鬚鬢。
食息思未遑,牀竈苟安頓。甘此三十回,高堂每垂問。
孤兒去懷抱,勞苦敢細論。哀哉今誰念,煎茗聊自進。
晚風解煩鬱,凉月遣芳訊。爲言老桂枝,花事中秋近。

中秋對月

何年無此夜,何月不相宜。況我愁如髮,清光一沐之。
雲陰閑自散,樹影直難移。今古悲秋客,姮娥定笑癡。

喫飯

老來百事難,喫飯亦不易。有如魚吞鈎,旁觀笑牛哃。

腹無德氣安,噎噎愁病積。幸生非所樂,苦欲駐斯世。

口舌尚苺苔,家食誰粒濟。萍蓬走老醜,宗戚窮且繫。

蕭條乾坤間,磊落何所置。竟作面上眉,無用不可薙。

文章豈飫饜,訓詁頗咀味。新蔬摘葵藿,活手解烹劑。

傅薪或偶幸,力攐未忍棄。安知無晚遇,登豆蘇民瘵。

饗殽且自強,望此慰困憊。大儿遺我哀,瞑不助我志。

小儿愚不學,學使謀食計。哦詩饑腸應,臟腑出靈獪。

拊膺翻欲笑,更想芳樽醉。軟飽亦浩然,還壯餐霞氣。

誚家

高天寒日倚門看,窮老謀生救死難。

八口本無田半畝,百錢誰乞粥三餐。

陳湯假貸年偏少,陶令饑驅性亦安。

懶向妻奴展顏色,雲光春欲動眉端。

後六日立春。

李祥雲　十一首

字步青,邑北黄溪增生,有《澹軒詩稿》。

晚晴

碧空净纖翳,雨過餘迴照。兀坐淡無言,開窗展孤眺。

濕松響殘滴,萬籟噓空竅。裋襪老漁翁,寒江初罷釣。

雨止

涼雲紛欲歸，雨歇郊原暮。月明修竹間，濕螢自來去。

殺虎行

黤黮日霾飛廉吁，石岩薗翳菅蓬蕪。

猛虎蹂躪潛其嵎，咆哮闞怒驚睢盱。

壯夫吹角聲喟于，亂擲火炮焚林枯。

百十殳斨萬石笯，投餌設阱發強弧。

橫行妥尾伏更趨，一聲崩裂毒中軀。

目光炯炯熒如珠，濱死嗷嘈尚跳呼。

鬣毛倒撐腥模糊，觀者如堵顏色渝。

獵夫揮刃磔其膚，皋比劇取勝罍罃。

吁嗟乎！

天生毒物必有制，胡乃逞爾爪牙鋼鈎利。

南山霧雨不自責，乃使杯盤狼籍遺殘骫。

猿圖

峭壁陡起勢巉絕，羊角倒吹山石裂。

中通一線留天白，俯瞰長江一千尺。

老猿雙臂掛壁間，群猿結股相追攀。

須臾跳擲凌絕頂，欻若飛兔爭騰翻。

瀰瀰呼洶走山雨，栗葉芸黃下水滸。

綠條附葛生趣備，妙處傳神在阿堵。

吾聞元吉治平中，敕令畫壁景靈官。

百猿未就身先殞，至今遺恨功未終。

毋乃刻意鐫鑱無餘地，有如暴殄天物天所忌。

嗚呼！此語信非詿。

古來奇士半坎坷，又於畫史何足嗟？

送別

握手兩踟躕，此別知當久。寒鴉倏分飛，殘陽滿疏柳。

草書歌贈孔用拙先生

張顛已往米顛死，千載誰歟繼二子。

豈無少年浪效矉，舉止羞澀終非真。

孔侯草書今僅見，與古參合更神變。

興來揮筆似有聲，雙丸脫手寒光散。

又如突騎沙苑北，夭驕怒哮夜酣戰。

初爲鵝鸛行忽成，魚麗貫筘鼓蕭寥。

主令嚴但見風霜，稜稜生匹練自言。

胸中奇氣鬱不發，潰堤一瀉波瀾闊。

滄潢屈注巨峽崩，奔騰下飲怒猊渴。

少年兀傲凌公侯，狂飲喧呼墨濡髮。

生憎贏角日觸藩，怒裂緗縑持作襪。

即今坎坷老鄉坋，白髮蕭騷意不群。

謂我尋常愛墨卿，指授爲書白練裙。

心雖愛惜終懶學，我用我法肯隨人。

盛名不救囊羞澀，況君已作前車塵。

雜詩

膚寸泰山雲，逢逢起石垠。飄飄閶闔風，吹作白衣人。

崇朝芳澤布，六合爲彌綸。奇功不可見，飄然東海濱。

矯矯龍變化，雲中露片鱗。

蘭若媚山中,婉孌自幽獨。春芳不久留,意長日月促。
佳人期不來,憔悴將誰屬。聲香晚未歇,已非故時綠。
延佇白雲深,日暮南山曲。

長風吹片月,遠渡遼海來。流影照空牀,羅幃時自開。
反側愁思婦,攬衣起徘徊。小草媚高岡,紅藥萎玉階。
君志萬里游,妾懼流光頹。願將方寸心,易置君子懷。
寂寞上池水,越人安在哉。

露下疏蕪白,蟲語秋夜寒。四序靡不佳,人境異悲歡。
宋子感徂落,潘生泣頹顏。忘情賴痛飲,旣覺愈未安。
高志願天游,跼蹐猶人間。六合等輕塵,懷哉古達觀。

蘆硐

閩中險灘三百六,蘆硐迅激尤所獨。
危峻詎止千丈強,迅駛往往如飛瀑。
猙獰怪石不知數,爪牙虓張猶虎伏。
汹汹上流險莫測,喧豗到此怒相逼。
篙師預戒寂無譁,人人目睜面深墨。
肆力捼柁恣一放,滴瀑直奔如箭激。
闞然疾下勢贔屭,又如高屋建瓴甓。
老蛟驚起風雷嘯,數十餘里不頃刻。
顛倒衵褌浣水痕,雙目炫花心惻惻。
嗚呼!
天地設此商賈厄,艖艝十中九裂副。
岭岈瀟湑不能除,山魈水怪恣血食。

144

安得五丁力士雄,揮鎚鑿險肆神工。
不則巨靈手一擘,豁然浩如大江中。
嗟我徇祿數經過,遇茲險厄心轉蓬。
記取千金垂堂語,此生長誓丘園終。

李祥瑚　七首

字殷六,大儒之子,有《負薪子詩稿》。

牧牛詞

大犢黑唇淺黃毛,小犢花啼三尺高。
牧童跳躍驅牛出,南隴青青豐草苗。
草間騎牛勝乘船,短笛無腔隨自然。
牛上曲罷松下歇,更覓山中狐兔窟。
日斜牧伴漸將稀,深山涼風吹短衣。
西山銜去白日沒,東山銜來明月輝。
澗水空明山鳥浴,牛還飲水我濯足。
牧牛牧牛豈不歡,但恐催租沒入官。

兩月因家人疾病,田圃久曠,草蔓蕪沒,茲辰芟治,煥然一新,得五言短古八首,時丙午伏月中浣八日也

種芋河東田,草盛芋莖瘦。借問何由爾,家人更抱疚。
況復室如懸,稱貸苦奔走。致使嘉蔬荒,惡草肥而茂。

茅屋炊煙起,江干旭日初。村童沽酒返,牧叟放牛餘。
相逢兩相語,分手各異途。彼已入松篠,吾獨揮吾鋤。

挥鋤忌卤莽，治圃要有倫。壅芋如壅花，斬草須斬根。
非類盡鋤去，毋令後滋繁。此中具至理，達者自能明。

已鋤草變色，既壅芋易新。譬彼君子中，不可容小人。
微時争相長，并且戕其根。治圃雖小道，亦具大經綸。

疲茶身思逸，盤礴憩楓陰。涼風惠然至，頓解我煩襟。
淺渚眠水牸，樛枝響山禽。妙境有如此，無腔信口吟。

小儿携筐來，告云有客至。室中無長物，圃内有嘉味。
青葱薤菜肥，紅紫落蘇脆。沽酒勸客歡，陶然外身世。

李祥麟　一首

字思謙，樫園先生嫡孫，邑諸生，有《李樹莊詩稿》。

題陳翁大癡《夢游羅浮圖》

我聞蓬萊仙山蠡天起，洪濤一夜驚風雨。
巨鰲無力撐神洲，西走隨波幾萬里。
若非真宰有意驅六丁，縱使浮來安得便與羅山相對峙。
乃知靈境變幻非偶然，特爲仙靈作基址。
世間凡骨那得到，夢想空勞垂涎矣。
不道吾鄉更有大癡翁，久仰福庭慕不死。
頻年浪迹汗漫游，走遍名山歸鄉里，朝來一一爲我話游踪。
自言生平勝游，無如一瞬羅浮清。
夢裏記得當年曾憩照雪堂，半晌黑甜憑短几。

神隨鶴使竦層霄，洶涌風濤眩兩耳。
振襟飛步跨危巔，萬丈嵐光擁雲履。
鐵橋長嘯撼天關，閶闔峨峨離尺咫。
翠崖丹谷逞神變，陸離光怪窮綺靡。
飛泉峭壁瀉銀河，白浪翻空疾如駛。
石樓削出秀重重，花首臺前水清泚。
洞門繚繞五雲封，芝草琅玕紛成綺。
欸關賴有應門童，列真舉手群相視。
瑤堦金闕奏琅璈，玉荳瓊漿薦甘旨。
頓開寶笈出靈圖，閃爍祥光爛金紫。
須臾揖別控筇歸，但聞天雞一聲催出紅輪翻海底。
陡然驚覺細追思，四百三十二峰，歷歷猶堪指。
吁嗟！
此境此夢豈能常，故倩丹青繪圖紀。
想子聞之亦神往，子盍爲我記終始。
我聆翁言亟索之，披圖叫快狂且喜。
怪翁自是謫仙人，神山毋乃故居是。
不然非翁心摹并口授，畫史神妙何能爾。
我雖未獲陟羅浮，對此能不嗟觀止。
漫抽秃筆爲翁歌，愧我巴詞真已俚。

鄧守愚　一首

字五溪，作梅之子，諸生，有《守愚詩稿》。

屏居雜咏

偶立丹崖下，蒼茫白日曛。澗空泉咽石，樹老腹生雲。
天際雁聲急，坂陰塵迹分。悠悠目極處，牢落四無垠。

朱　佑　三首

字啟堂,梅崖太史長子,邑諸生,幼宿慧,書一過輒成誦,嘗慷慨有大志,不克竟。年二十二卒,有《松陰詩鈔》《詞鈔》。

雜詩

杜若多芬芳,生此皂濕地。春風布膏澤,乃等蕭艾棄。
萬物貴得時,賢好進以類。奈何漢文廷,賈生獨憔悴。
遭逢亦偶然,豈復關衰季。真士慎所守,窮達期無愧。

鷺

雨過菰蒲釣艇輕,沙汀鷺起若爲情。
江寒已逐孤煙没,山遠遲看一點明。

郗城夜懷寧大立夫

荒城聽寒漏,孤舘夜方沉。愈感索居久,浩然離恨深。
美人隔河漢,山水曠知音。長嘆同明月,遥遥寄素心。

【注】《邵武府志》載,朱佑爲朱仕琇長子。年七歲,讀書一過輒成誦。邑前輩鄧作梅先生過其廬,與其叔筠園游于朱氏祠,佑以童子侍側。作梅語筠園曰:"近建廟祠,不遵古制,何也?"筠園未答。佑應聲曰:"道法日亡,如井田封建,乃不可復。"作梅異其言。筠園曰:"天姿絶物,惟吾弟梅崖,是儿殆過其父。"十歲能文,日讀《史》《漢》萬餘言。旋補諸生冠軍。爲辭賦,操筆立就,蒼莽無端,不可以尺寸限。嘗慷慨有大志,不克竟。以省親夏津官所,歸至金陵。疾作而殁,年二十二。《建寧縣志》有傳。

朱文洊　三首

字顯承,梅崖太史季子,諸生,有《理齋詩詞稿》。

冶春絶句

煙雨迷離三月時,春光惟有柳條知。

芊綿萬縷長堤上,繫盡閑愁與別離。

白鶴

颯颯輕風颺九皋,數聲清唳下晴郊。

月明皎潔飛何處,惟有松梢雪一巢。

關山月

寒風蕭颯鳴金鐵,嫖姚此日度沙磧。

關山萬里少人行,長空皎皎懸明月。

笳聲吹斷楚塞雲,鐵衣染透金瘡血。

百戰從軍春復秋,寒衣寄盡無旋迹。

鄉關夜夜共嬋娟,不謂征人鬢如雪。

何時一掃天宇清,虜騎千里盡消滅。

朱文儒　四首

字景行,梅崖先生猶子,有《太拙遺集》。

和陶公飲酒

我性不善飲，但得酒中趣。莫使樽中空，數杯亦可住。
薄醉日陶然，都忘毀與譽。散步前林曲，林深人不遇。
飛飛衆鳥還，隱隱遠山暮。孤蹤任來往，踏破青苔路。

至人云不死，羽化亦誣罔。善哉孟子言，浩然氣自養。
集義以生之，勿忘勿助長。直養無所害，剛大塞穹壤。
日月無停暉，萬古留精爽。我今形已衰，精氣亦凋喪。
對酒默無言，悠悠託遐想。

有形必有慮，有慮苦憂煎。憂煎令人老，沉醉且陶然。
處世多險巇，對面隔層巔。務為善刀藏，欲使太璞全。
紛紛狂且客，得意風中鳶。任君呼牛馬，我與我周旋。

人生天地間，何物不枯朽。昔爲美少年，今爲一老醜。
至人寂無憂，得一以自守。浮雲似白衣，須臾變蒼狗。
萬物如是觀，得喪兩何有。酣醉一覺眠，能識此身否。

甘俊　一首

字騰方，邑西上黎人，嘉慶甲子舉人，官永福訓導。

咏懷

趣向寰中得，塵難户外侵。肯彈馮暖鋏，時鼓子雲琴。
老益風懷淡，貧增道味深。如何湫隘宅，偏有百年心。

建寧耆舊詩鈔卷九

董　潤藕船參訂

張際亮亨甫原輯　後學李雲誥華山續纂

黃　傑椿齡校刊

目　录

張　紳　三十四首

字怡亭，號嚴山，邑南嶺腰諸生，少豪俠，遇不平，必氣折之，既乃因病悟學，折節爲儒者，工詩、古文，往往直造單微，有《怡亭詩文集》。

舉杯勸梅花

舉杯勸梅花，梅花不肯飲。醉臥月明下，落花盈我枕。
枕上聽流泉，鶴聲飛滿天。天寒不成寐，起咏溪南煙。
溪南煙十里，溪盡人家止。惆悵忽歸來，作書寄雙鯉。
雙鯉尾簁簁，寄書常若遲。借問北山北，梅花開幾枝。

蘆碯

峭壁轉灘前，水急聲雄偉。下舂如投壺，上脫如走虺。
巨浪射輕舟，一擲飄蘆葦。浪底出船頭，浪花盖船尾。
石角毫鰲間，瞬息分人鬼。平生珍重身，至此等蟲螘。
迴視白濛濛，濺珠成靉靆。

延平溪中

晴放一葉舟，緑净波微皺。打槳徐徐行，閑情數古堠。
耳畔忽喧豗，聲捲風雨驟。遙見遠灘橫，亂石堆瘦瘤。
束水阻共歸，斗覺江流瘦。水暴石更强，列伍進相鬥。
青山夾岸窺，坐視莫能救。參錯五花蟠，蚓結寫篆籀。
正在迎距時，舟師撥船咮。屈曲石罅穿，如蟲將葉鏤。
百折礧塊間，驀地脱險遘。迅速逾星飛，頃刻十里逗。
事勢值難爲，齟齬貴善守。急躁祇成危，乘機須覷竇。
悟彼黃頭術，垣然游宇宙。

夜聽松聲

半夜屋空明，滿階如白曉。蕭蕭月有聲，清出萬籟表。
既止旋復作，乃在松樹杪。前聲未及收，後聲忽又遠。
樹上松風吹，樹下松影擾。無心偶得之，身世一時了。
風息影依然，翠森山月小。

讀韓昌黎詩

公之廣大胸不測，發爲傑句高峨嵋。
雄心翕海納百川，直氣決雲分兩儀。
飛空險思出層遞，鬼神不得窺其爲。
探源混沌闢初古，秦歟漢歟徒卑庳。
偉人在坐排衆出，四座駭紛千目低。
高冠大服本峨壯，清廳偶亦吐妙詞。
仙姬水嬪軟相倚，月下嬝娜寒玉媵。
仁芽義蒂莽蒼闊，洒落元氣何淋漓。
公之此巧天縱與，後來繼者當爲誰。
安得起公九原下，痛飲高歌狂論詩。

題徐大畫扇

海波蒼蒼浩無窮，萬里直與銀河通。
蜿蜒神龍向空下，呼之欲出煙雲中。
我聞少室曾渡海，東來震旦凡幾載。
又聞曹溪能咒龍，寺中至今遺蛻在。
疑是疑非不可知，嗟此丹青意何爲。
作者無心見者惑，世上往往盡如斯。
神龍神龍豈有愛，駐眼看珠僧掌内。

回頭身本有明珠,放大光明無障礙。

我欲騎龍上青天,日月戴首星傍肩。

亦有翔鑾及鳴鶴,絳旗翠蓋驂群仙。

紙上畫龍倘叱起,笑謝徐君吾去矣。

城西桃花歌

春光染山山似浴,山氣濛濛作新綠。

山城四面繞青山,好景還應西郊足。

萬樹桃花種滿園,參參差差時斷續。

無端燕子帶春來,西郊一夜桃花開。

高枝籠煙映碧柳,低枝柹地點青苔。

更有池塘水清淺,臨水花枝香漸催。

花枝照水水如鏡,恍惚嬌姝初下聘。

朝來背立試新妝,搖漾紅衫光亂映。

桃花枝上夕陽斜,一片煙痕薄不遮。

飛來蝴蝶雙雙影,飛去飛來只在花。

花間蝴蝶花前草,月出城西應更好。

花氣溟濛半濕襟,花光凌亂全遮道。

最是春中春未歸,春陰一帶綠霏微。

風吹欲落還未落,桃葉桃花相映稀。

花下游人惜花立,幾點新紅墮在衣。

太白酒樓歌

謫仙似厭神仙頑,偶然愛酒逃人間。

以酒為仙號仙客,一飲百杯開心顏。

山蒼蒼兮雲浮,水淼淼兮波流。

人今何處兮風景異,明月照之兮空高樓。

倚樓喚月同月語，月不言兮奈何許。

聊復中之一舉觴，皎然四壁皆清光。

醉耶醒耶誰得失，今耶古耶誰短長。

月自隨雲復西去，樓高却掛銀河處。

憑闌縹緲望悠悠，白雲橫江星斗曙。

吁嗟兮謫仙，酒樓兮巍然。

胡爲兮不顧，一去兮千年。

東汶陽兮南秋浦，夜郎謫去兮君無苦。

酬爾一杯知不知，登君高樓吟君詩。

紅塵不到此間地，到此輒有風吹之。

擬古從軍

畫角夜悲凉，嫖姚曉啟行。山川臨塞黑，天地出關黃。

列帳旗翻日，平沙馬臥霜。皇威宣四遠，玉殿正垂裳。

鄱陽湖阻風

萬古鄱陽水，危檣繫欲牢。風雷走蛟鼉，天地入波濤。

鬼嘯窺人立，猿驚抱樹號。東南開霽色，吳楚日華高。

游白雲巖

一徑掛巖東，蕭蕭落葉風。寒雲過戶白，斜日隨崖紅。

泉向僧厨滴，茶經佛火烘。歸來餘興好，人語翠微中。

寒夜

一念不生後，松風微有聞。疏林滿山月，寒火半村雲。

夜静泉聲細，香銷酒意醺。未知何所樂，但覺自欣欣。

游山直雨避于亭中晚晴始歸

下得高山半,嵐光欲濕衣。雲垂九天立,雨挾萬峰飛。

忽礛輕雷過,還乘夕照歸。人生總如此,行止息吾機。

寶蓋巖

半空鐘聲響,石壁削蒼然。溪上望無路,巖中入有天。

瀑聲寒六月,苔色老千年。却顧人間世,予懷益渺綿。

早梅

三十六峰煙,雲深谷口泉。寒香一夜起,明月滿清川。

似別故人久,相逢歸客先。吾廬差不寂,憐爾與周旋。

漫興

白髮衰年逼,消磨愧此生。因貧常廢學,漸老反多營。

一笑安吾命,千難覺世情。憑他天位置,似漆是前程。

漢陽懷古

霸業銷沉覽此都,山河形勝莽菰蒲。

諸姬蠶食天興楚,三國龍爭地入吳。

雨氣晚侵彭蠡澤,雲容曉壓洞庭湖。

英雄一去隨流水,古木寒鴉雪萬株。

白桃花

別作嬌嬈向小園,東風淡寫武陵源。

嬝寒吹上春無迹,薄靄橫來月有痕。

隖外夕陽微逗影,樓頭少婦欲消魂。

息嬀鎮日臨津望,過盡漁舟更不言。

李忠定公祠

賸水殘山失汴京，總迷和議誤公卿。

老臣南渡千秋淚，先帝西風五國城。

白首謫宮猶抗疏，赤心如日苦論兵。

至今古柏庭前樹，每聽蕭蕭響不平。

香火猶存曲水頭，每瞻遺像使人愁。

中原未遂蒼生望，北寇終爲社稷憂。

斬佞朱雲曾請劍謂陳東，出師羊祜尚輕裘。

誰知異代興亡感，滿目蒼凉對碧流。

王文成公

大功眼見出書生，心迹昭昭揭日行。

唐室不緣庸李郭，漢家寧易戮黥彭。

尚煩性理諸公議，更識經綸一世驚。

聞道東林能講學，苦將朝政費鄉評。

厉崹峰

狂風吹浪捲山回，海氣微茫鬱不開。

數點黑星分島國，一輪紅日涌雲堆。

帆拖葉影天邊去，潮擁秋聲鰲背來。

安得胸吞雲夢者，摘星捫斗此銜杯。

唐宮

百二秦關國祚危，豈緣禍水盡娥眉。

天生李晟終何補，世有真鄉竟不知。

節鉞畫疆爭虎穴，貂璫開府掌魚麗。

從來積弱非無自，漢寢唐陵麥秀悲。

宋宮

天津啼鳥一聲哀，繡柱珠簾付劫灰。

花石有綱南國采，金繒無算北軍來。

但聞白雁悲歌起，不見黃龍痛飲回。

莫望蕭山殘照冷，冬青騷屑暮雲堆。

明宮

米脂捲甲入長安，誰使金甌闕盡看。

六部糾纏三大案，歷朝聽命一中官。

黃巾未報平張角，碧血先聞殺曲端。

龍去鼎湖弓劍墮，金陵歌舞夜漫漫。

漢昭烈帝

早於三顧定三分，桑蓋亭亭映夕曛。

十二帝終東漢紀，數千年說左將軍。

桓靈道喪真無賴，吳魏才難各不群。

火德固應餘焰續，再綿龍虎碭山雲。

李東陽

神武門前競掛冠，爲留獨濟有波瀾。

一身去國名雖好，四海無人事轉難。

救世且同張讓吊，隨流幾作孔光看。

亦知眾論高劉謝，談到蒙污淚輒彈。

公歸後談及獨留輒流涕。

柳枝詞

汴水無情似有情，至今嗚咽尚餘聲。

沿堤一帶何人種，四十離宮秋月明。

158

咏史

采藥徐生去不還，怕同天子到三山。
蓬萊若與秦皇住，容得阿房幾箇間。

大略雄才計慮長，料難不戰守封疆。
宋朝和議如良策，合把窮兵誚武皇。

文章本可聽單行，何苦臯夔誤一生。
不作保衡貪相業，半山才調亦縱橫。

任人家國誠難事，妙手須先絕禍胎。
祇道忠肝方正學，可憐卓敬棟樑材。

遍施辛螫禍群僚，國柄輕移人豎刁。
節義人多非主福，漢朝晚季又明朝。

思陵宵旰每憂勤，未掃欃槍海內氛。
可見漢高真聖主，幾曾誤拜大將軍。

【注】《邵武府志·文苑》載，張紳，字怡亭，號巖山。性孤耿。
妻死鰥居數十年不再娶。生平不忘交一二知己外，無往來者。
爲學務博綜，工詩文。自盛唐上溯漢魏下逮元明諸家，文學歐
曾，間取奧峭於子厚，制藝則喜言歸胡，其尺度與有司庚。屢試
輒蹶，年踰五旬曾一列高等，例得食餼。紳棄不取，遂以附生終
其身。然紳文名甚盛，四方賢士大夫多與之游。道光己丑大吏

聘修通志,所作諸傳識者以爲歐曾嫡派云。卒年五十六,有《怡亭詩古文集》行世。其生平事迹亦可見高澍然《張怡亭先生行狀》《怡亭文集序》《怡亭詩集序》《怡亭先生文集跋》等。

徐家恒　一首

字正思,號心一,鄴侯先生之孫,庠貢生。

至延平

秋日尚餘暉,泛舟大江上。蕭蕭下紅葉,杳杳開青嶂。
涼風動客思,夕陽起樵唱。世路共勞勞,誰能齊得喪。

黄　誠　四首

字蘭畹,號一廬,邑西里心諸生。篤學行,常以《五子近思錄》自隨。事母謹甚,遇人無少長必與爲禮,年七十與介賓,僉以爲宜,有《一廬詩稿》。

榕城遇余廣文潤園夜酌留別

故人遠別故鄉游,更下松溪值建州。
明日西南又千里,秋風獨挽上河舟。

范公祠月夜作

匝字滿松陰,雨止明殘月。餘霤滌已消,清響滴未歇。
疏影動空虛,危檐坐超忽。幽映萬象寒,緬邈遥情發。
撫時凛清修,懷古欽遺烈。焉得松柏操,歲暮凌冰雪。

月夜過溪山歌

寒溪流水夜潺潺，灩灩波光千里山。

松際照人石橋月，白雲悠悠相與還。

山風落木寒溪冷，溪流逆折盤楓嶺。

靜夜月明照何人，孤情對月憐形影。

踏盡空林黃葉聲，忽聞山寺夜鐘鳴。

使我徘徊不能去，月明逾白水逾清。

山中秋夜

雲度東溪陰，月出林端靜。微風乍入扉，虛檐散清影。

抱琴歡未彈，披衣懶不整。泉響夜壑幽，鐘鳴秋露冷。

疏葉隕高柯，喬松秀孤嶺。感物悟愈深，翹企空中景。

黃秉恩　一首

號榛崖，邑西里心人，雲浦先生之父。

癸卯暮春與一廬話舊有憶亡姪琢亭

花落紛紛暮欲歸，故園衰草又芳菲。

可憐人去無消息，空有相思淚滿衣。

黃　瑤　四首

字岸綠，邑西里心人，廩生，傲岸寡諧，事繼母熊氏苦節，獨
得其歡，年三十四，有《琢亭遺詩》。

西齋

曉起步西齋，佳禽鳴早旭。泫泫露垂條，微微煙滿谷。
含情玩物華，眺聽臨池曲。春風徙何來，吹我園草綠。
嘉樹漸扶疏，幽花稍芬馥。憑生荷化工，流形恣游目。
清景洵可淹，無營良自足。

山中作

翔禽思静柯，游鱗遡奔流。所性各有適，誰能探其由。
伊余秉薄尚，偃息依林丘。時攤一卷書，來讀西山頭。
翹翹誰家子，車騎擁道周。風塵亦已瘁，日入不遑休。
安知彼所務，視吾如贅疣。去去勿相笑，吾生本無求。

伐桃

小桃一樹臨清池，綠陰紅酣當戶垂。
斧斤所赦已二載，不覺弱幹成高枝。
山齋日午坐無事，試拭倦眼觀雲奇。
公然數尺蔽軒檻，令我遠目無由馳。
十年樹木豈易拔，及今勿剪後何施。
呼童持斧要一伐，一人臆決衆口隨。
根株既斷枝葉散，須臾折裂從清漪。
南山北山競羅列，青杉翠竹橫參差。
嬌姿雖艷處非地，摧折不聞憐者誰。
君不見南榮老松數十圍，至今突兀盤蛟螭，
風霜閱歷誰得知。

齋中寄族兄一廬

晴鳩喚婦鶯喚雛，春光妍媚花卉敷。

閑窗日暖睡新足，耳目清曠心無拘。

花明竹暗酒正熟，一編坐讀風徐徐。

深林百鳥復嘲哳，却來伴我聲咿唔。

鳥歌我讀讀且止，對花兀兀倾百壺。

山居僻陋罕客到，日與花鳥交歡娛。

花冥日落鳥已散，卷書欲起猶躊躇。

豈知樂事不常有，風雨忽忽未明初。

花事闌珊鳥寂寞，有侶歌罷停笙竽。

陳編對酒祇自醉，胸有礧磈無由舒。

呼童伸紙作寄似，清景頗欲煩君摹。

李　恭　一首

字安之，邑北黃溪諸生。

夏夜懷岷溪弟

薄暮微雨歇，開軒滌煩襟。明月漸東上，流光散幽林。

故人山中隱，有酒誰共斟。人生歡會難，相思寄瑤琴。

李應白　一首

字擷芳，號雪園，邑北藍田三溪庠貢生，性行淳，至親疾，衣
不解帶，父咽患瘤潰膿，舌舐之病劇，嘗糞溺，審臟腑，母篤病，籲

天以身代延壽一,紀事詳新修通志。

白荷

曲檻臨方塘,素心相對倚。亭亭花搖風,冉冉月墮水。

朱標元　二首

字錫緋,邑北黄溪諸生,曲廬先生之孫也。

山居遣懷兼簡鄧君泗渠

幾許悲生事,無端并在予。不才荒四術,作逸玩三餘。
夢幻身爲蝶,形忘我是魚。此心渾似醉,高卧北窗虛。

尺素憑誰寄,飛禽來往疏。空山經雨後,喬木著霜初。
有恨千行淚,無言兩字書。永懷蓬島客,身世獨蘧蘧。

朱　焜　二首

字柳村,邑西社園諸生,有《沄門詩稿》。

述夢

昨夢三十六峰清,跨鶴翩翩黄山行。
仙人邀我飲瓊液,萬里秋空一月明。

秋夜

白雲飛遠空,皎月生東嶺。秋氣夜來清,參差數峰影。

朱　勳　一首

字有光,邑西社園庠貢生,例授州同,有《沁軒詩鈔》。

榕城旋里別李西溪

倚棹洪橋話舊林,寒雲流水倍蕭森。

乾坤日月摧蓬鬢,江海風霜老客心。

聽雨連牀思昨夢,登朝垂紱待華簪。

平生久託鍾牙契,暫折梅花當鼓琴。

寧中和　一首

字天章,號屺齋,邑西安吉人。

過泰寧交溪

蒼蒼古木中,獨聽交溪水。蘆深斜見屋,好鳥鳴不止。

曲徑寂無人,漁歌時入耳。好風吹行衣,飄飄適吾體。

須臾過板橋,翠凝橫松裏。一見溪水清,素心淡如此。

婆挲日欲暮,悠然得妙理。

徐顯猷　一首

字懋之,在城人,有《未信齋詩稿》。

165

秋思

滿庭月白影移花,吟望依然倚碧紗。

今夜可憐秋思永,不須更問在誰家。

徐顯璋　九首

字質甫,鄞侯先生曾孫,以太學秩滿注教論,歷權松溪、海澄、閩清三學,著《質甫詩集》十五卷。

秋日絜芳園作

四時相代謝,去日常苦多。秋風閶闔來,洞庭已增波。

感往諒無補,感嘆將爲何。閉關愛吾廬,聊復舒嘯歌。

終焉謝世氛,悠悠樂天和。

前林交悲風,夜凉秋月生。清光仍太古,世事紛已更。

古人今在否,念之動中情。人生駒過隙,奄忽竟焉成。

對月且長歌,安問時連傾。

我觀逸民傳,維思向子平。讀易悟深理,感嘆攄幽情。

富貴及貪賤,孰重與孰輕。拂衣游五岳,徜徉終其生。

高風渺難即,鴻飛同冥冥。誰能似禽慶,相從謝所營。

暮秋衆芳歇,寒菊何離披。時至發幽花,采采盈東籬。

獨往姿采摘,班荆坐移時。相對更酌酒,怡然賦新詩。

安知孤月上,零露沾我衣。

茅檐蔭佳植，徙倚意悠哉。機心本相忘，禽鳥亦無猜。
依林飛復止，飲啄願已諧。不見雕梁燕，銜泥自徘徊。
歲月有變更，大廈忽然摧。托身嗟失所，轉輾鳴聲哀。
何如巢深林，隨身任去來。物情既如此，予懷終當開。

燈花聯句

金烏臺西墜，寒燈夜以繼。十笏謝闓中

帷破光乍漏，風動影輕曳。顯璋

欲殘曖四圍，未燼明雨眥。秋圃徐顯琮

花開奪紅紫，蕊結無根蒂。闓中

深塢綻紅榴，小山簇丹桂。顯璋

碧梧子仍垂，香稻穗還綴。顯璋

離離感賜櫻，顆顆想餐荔。闓中

乍疑流星隕，宛若降驪靈。顯璋

氣含赤城標，色借火齊白。顯琮

初結庭已昏，將墮卷爭閉。闓中

未失燃藜助，應羞剪彩計。琮

春從檠上生，幻與鏡中例。顯璋

培植資膏油，開坼罕樹藝。闓中

無實觀朵頤，有瓣來睥睨。顯璋

難望香盈座，終鮮葉點砌。顯琮

鳳子豈能逢，蜂衙愁未際。顯璋

久鍊態彌研，窮冬色不替。闓中

寧因繁霜枯，肯比眾芳殢。顯琮

棄置日炎炎，移植陰曀曀。闓中

愁列單父園，畏上秋娘髻。顯璋

167

山僧笑未拈,祝融巧方製。顯琮

獸僕倏疑珠,病婦看成彗。顯璋

何須繡幕遮,誰令金鈴繫。顯琮

忽見飛蛾遶,却照寒雨細。閩中

或伴靈鵲啼,或對草虫嘒。顯琮

或映匡衡廬,或燦韓公第。閩中

曲室徒輝煌,長年費審諦。顯璋

朅來嗟落拓,相對增侘傺。閩中

豈有喜事臨,空負燈花啼。顯璋

聊續宣城詩,厄言任疣贅。顯琮

登天游峰

孤標不可極,絕頂氣高浮。復然隔人世,洵哉與天游。

初至疑絕蹤,莽莽唯林丘。安知石戴土,一徑阻中修。

中途忽壁立,嵌空門戶幽。山半兩壁對峙,中僅通人,名天游門。

上窺徑尺天,下俯虛無湫。恐有潛虬潛,少憩莫淹留。

前問浮屠居,更在上上頭。遍歷豺虒窟,始至空中樓。

日車懸戶牖,河漢趁人流。下方風雨過,莫辨聲颼飀。

憑欄縱意氣,慷慨對同儔。曠懷古與今,愴然翻百憂。

吾生誠有涯,天地長悠悠。

十國宮詞

先向江都錄夢華,故宮回首杳天涯。

讓皇新肄朝元曲,不問楊花與李花。

倚樓

舉世憑誰語,無言獨倚樓。山形依海盡,江勢挾潮流。

妻子天殳解,功名敝屣投。飄零緣底事,白髮已蒙頭。

建寧耆舊詩鈔卷十

董　潤藕船參訂
張際亮亨甫原輯　　後學李雲誥華山續纂
黃　佩遹追校刊

目　录

鄢 梓 二十首

字孟卿，號衛材，邑北藍田歲貢生，父孔岡積學不遇，因不教子書。家貧甚而君行樵好讀，郡守張公鳳孫試士百韻，一見奇賞，爲厚恤之，有《初樵詩文集》。

雜擬

人生累世故，電勉畏朝露。朝露良易晞，世故無已時。
往者已如此，來者復何俟。日月東西流，浮雲南兆起。
履霜至堅冰，先以蟬鵙鳴。松柏幸不凋，斤斧亦自招。
循環道已久，下士護其後。其後豈不知，昧昧我所思。

感舊詩

在貴易忘賤，在富易忘貧。非其性情殊，甘苦不相親。
智士務乘時，達士樂守真。出者愈高遠，處者愈沉淪。
參商不相見，厚薄何足嗔。莫以嘻笑言，要之以明神。
莫以金石交，質之以先民。世俗有變更，周行誰遵循。
所貴善斯道，各保百年身。

題華亭金丹山先生《江上山居圖》

雨過洲渚雷擊鼓，高浪撼空馮夷舞。
春滿山塢花當户，花落風前嘯乳虎。
天下山水皆樂土，貪者不與廉者取。
獨令狂狷卜出處，暫作江上山水主。
茅茨纔足覆堂宇，蓬蒿不復闢園圃。
懸巖碕岸意皆古，深爲洞房削爲堵。

怪石嵯峨相延仜，鏟隙似經女媧補。
登山著屐水鳴艣，魚鳥有名隨意數。
童僕倦臥夢栩栩，斜枕清風有芳杜。
其一醒者向南浦，書空咄咄怪傖父。
何來不憚波濤苦，靈境欲披雲霧覘。
清晨溯洄日卓午，欲至不至風爲阻。
誰爲帆下人寄語，且挹山光濯肺腑。

送宋二歸吴

思歸不爲鱸魚美，欲上洞庭尋甪里。
祖道朝乘七月風，夢魂夜渡五湖水。
扣君劍，拂君衣。
莫謂如君達者稀，此心烱烱將訴誰。
富貴早知非我有，買山當不在君後。
莫言大患爲有身，自來有患唯文人。
君不見錢神戰勝輕詩神。
拂君衣，扣君劍。
南風不競管中見，所嗟君才已百鍊。
安得縹緲之飛樓，臥君樓上唱無愁。
上決銀河盪胸次，元氣淋漓塞天地。
霹靂固能鳴，蒼蠅亦有聲。
丈夫五十不成名，忍使霹靂慚蒼蠅。
送君歸，歸吴下，離群淚向窮途灑。
朱絃疏越和彌寡，歸去肺肝莫傾寫。
聞有田園傍水雲，好栽花木課耕耘。
騎牛若向荒塗牧，慎毋重挂漢書讀。

秋風謠

八月秋風滿城市,梧桐葉逐東流水。

壯士酒酣高歌起,長劍不用須天倚。

掌上山川數可指,胸中甲兵陳萬里。

欲從馬革爲君死,四顧茫茫時暮矣。

題陳璧和先生《浮槎圖》

我弄八月潮,飄若到滄海。

三山不可見,引領欲誰待。

乘槎仙客笑凌風,縢衆魚兮夾兩龍。

鮫人去室,馮夷離宮。

前驅海若,後護海童。

崩波倒浪聲摩空,捧月生西日出東。

但覺安期渺難逢,不知天路海已通。

牛女驚問來何從,嚴夫子起望清穹,烱烱客星銀漢中。

太湖放魚

月光入地日出水,布帆乘風客未起。

平湖船頭踏船尾,瞥見巨魚半生死。

榜人笑指囊中錢,請爲沽酒陳芳鮮。

昔者有客空復羨,茲非神獻誰持權。

我聞此言長太息,身如涸轍遭摧抑。

同病相憐憂相恤,忍以鮮物佐朝食。

開囊爲節行沽錢,買魚放魚投深淵。

敗鱗殘鬣自珍重,好生仰彼蒼蒼天。

凌波突浪更反顧,似向我卜何處去。

我亦拙謀强多算,人間更無無患處。

我昔錢塘放嘉魚,前船纔放後船呼。

網密人多貪欲熾,江淮河漢應難逋。

三萬六千頃水在,無以三江到滄海。

胥江繞郡不可過,高門大户羅鼎鼐。

魚魚直向滄溟游,更踰弱水依瀛洲。

他日身長幾千里,莫爲人害吞人舟。

冬日有感

未别離,不識别離悲。既别離,翻恨歸來遲。

父母寒,弟妹飢,令人有淚不敢揮。

天乎天乎,有子如此,誰謂勝無儿?

且語東家無儿者,何用哭泣,爲有子者如斯。

遇城門衕

峭壁高千仞,懸崖束衆流。波濤不敢怒,一片去悠悠。

古木臨沙口,斜陽望劍州。飄飄鴻雁下,同宿荻蘆洲。

芳蓟峰

天縱一峰出,千山莫與儔。凌虛控滄海,倒影抱瀛洲。

空闊真難夜,高寒最易秋。五更紅日上,頓覺此夷猶。

山居寄陳紹唐

才拙容高卧,身閑得小安。每懷天下事,秪覺古人難。

魚鳥何妨狎,松篁不厭看。惟君知此意,吟向暮雲端。

過朱買臣墓 _{在福城寺雷音閣後}

我亦山中樵采身,不填溝壑總酸辛。

老纏富貴漸前轍,少即遨游笑後人。

五馬只今遺塚在,一錐休厭去年貧。

語言文字都無用,合乞維摩與結隣。

過黃臺驛訪黃濟川

驚濤無限渺茫間,又觸塵沙策馬還。

欲問故人茅屋路,偶逢野老夕陽山。

晚凉草木含秋氣,歧路風霜變客顏。

休笑年來憔悴甚,半生曾見幾人閑。

榕城除夜寄周廷時在陝西

貧賤誰憐弟與兄,歲除幾度別離情。

兩人暗隔六千里,一夜寒聽三四更。

欲慰旅懷尋短睡,頻牽愁眼對長檠。

朔風際曉吹魂夢,從爾西安道上行。

吳山旅舍留客

園林亦等閑,花草況銷歇。今夜太湖邊,留君看秋月。

秋夜江上偶作

舟人對明月,歌徹江南弄。半夜欲開帆,風潮解相送。

石湖偶咏

老婦捕魚來,少婦賣魚去。日暮一帆風,蒼茫宿何處。

楊柳枝

三月青青楊柳枝，半臨南浦半臨歧。
可憐春盡無人管，總向風前撩亂垂。

秋江曲

歡向船頭釣碧鱸，儂從柁尾飯雕胡。
布帆惹得秋風起，吹出蘆花遍五湖。

江邊

一片風波去渺然，暮春天氣楚江邊。
楊花不惜別離苦，又化浮萍伴客船。

黃從龍　八首

字雲浦，號噓泉，邑西里心人，嘉慶庚午舉人，篤學好古，謹
修內行，有《鼓潭吟草》。

舟中月夜書懷

一葦秋江夜，西風羌笛長。沙明兩岸雪，月白半船霜。
小坐更樓靜，孤眠客枕涼。鄉心正無限，數雁轉衡陽。

客中遇故人

猿嘯雁孤飛，關河霜葉稀。路遙鄉信斷，秋盡客心違。
逆旅誰相顧，離絃祇自揮。忽然逢故舊，斗酒破愁圍。

秋夕有懷寄家兄席亭

朔吹驚夜林，慨然秋已深。空階殘葉下，暗室亂蛩吟。
病起應資火，愁多只倚琴。可能當歲暮，不動故園心。

山齋對月

萬木影在地,秋空孤月懸。西風吹白露,灑遍菊花園。
獨賞耐清冷,高齋不掩門。寧知宵易旦,鐘動白雲村。

暮春即景效宋人體

水碧于天鷗似雪,溟溟小雨濕梨花。
山窗時有香風至,隔竹人家晝焙茶。

秋日望圭峰精舍有寄

雲外見圭峰,秋空橫峭碧。一徑入煙蘿,紅葉翳幽宅。
間有素心人,此焉高置席。鳥鳴竹窗曙,鐘動松林夕。
著書白日閑,趺坐空山寂。漸忘身世憂,不復爲形役。
予亦厭囂塵,夙有飡霞癖。相視成一笑,頗覺同心迹。
暮靄望蒼巖,巖巒猶咫尺。何當叩柴扉,乘興携雙屐。

秋夕有懷寄舍弟蘭圃

清夜縱閑步,緣源路紆曲。月下不逢人,疏影落寒木。

月夜隨一廬夫子父子暨廸齋諸人
郊游至北林精舍盤桓良久因各賦詩

村煙翠接溪頭柳,溪水光搖村左右。
水光煙翠淡相涵,東嶺月出明如晝。
月明誰肯閉門居,游興倡以良師友。
追隨杖履步遲遲,人影月下分前後。
暗禽流響樹千章,微吹引香花十畝。
疏影過盡一回看,月色溶溶照渡口。
石泉咽處亂鳴蛙,漁火歸時驚臥狗。

林表耳目曠且舒,轉入林中復何有。
行衣時拂薜蘿繁,屐齒不喧苔蘚厚。
僧聞客室解相迎,竹下寒扉那用叩。
一鐘一磬池上清,瓦鐺茶熟旨於酒。
昔者吾友從事斯,夫子循循更善誘。
書聲絕曉撼空廊,燈影含秋餘半牖。
十年蹤迹各東西,山林之趣總辜負。
何知雨後月嬋娟,此時此地重聚首。
木葉翁蔚識春深,露華明湛知夜久。
幾度催歸不忍歸,冉冉雲起東南阜。

艾際照　一首

字容光,在城諸生。

絡緯

秋來何處最關情,無限蕭蕭絡緯鳴。
廢苑人稀林影密,小窗燈暗露華清。
纏綿轉覺詩懷壯,淒惻偏教旅夢驚。
惆悵西風吹不斷,高城遮莫又三更。

吳德先　一首

字捷登,伯模之孫也,邑諸生。

山齋夜飲

縱飲興何豪,開窗放明月。爲問月中人,天香曾否發。

朱闇村　一首

名字未詳,邑北黃溪人,有《闇村詩鈔》。

月夜有作
一規麗高天,萬籟起幽谷。遙空薄靄散,澄輝徹疏木。
澗谿響鳴泉,潺湲遠林麓。還坐危石間,頻縱幽人目。

朱恭元　六首

字作肅,邑北黃溪諸生,有《雙梧亭稿》。

臥雲歌壽何桐侶丈七十
京華軟塵高十丈,疾風撲空塵簸蕩。
旅客苦歌行路難,達官怕聽朝鐘響。
貴殘勞勞爲底忙,何如避世計爲良。
蓬萊方丈遠難到,只有黑甜真我鄉。
古有袁安稱臥雪,雪重肌寒皺欲裂。
陶公高枕北窗風,風聲入夢驚睡濃。
先生別具煙霞趣,蒼靄霏微踏空去。
人間何世可安居,獨臥白雲最深處。
羅帷在天茵在地,片石枕頭不擁被。
震雷裂石山谷驚,先生其時自酣睡。
雲陰陰兮山矗矗,氤氳一氣漫林麓。
夕陽忽照積靄沉,遠見平蕪千里綠。

178

君不見東山高臥有謝安，翩然一出蒼生歡。

又不見南陽草廬臥諸葛，籌策三分在掌握。

先生懷抱觀古今，澹然如彼雲無心。

倘逢時會待出用，驅雲要使蔚作霖。

如今老矣嘆華巔，臥穩千春作睡仙。

却笑陳搏居太華，空傳大鼾只三年。

試院芭蕉歌

邵武府試院後軒有芭蕉數叢，乃余房師竹君朱先生手植。繁蔭滿庭，風流如睹，爰命諸生用綠字韻作歌，以志甘棠之澤云。此學使先生原題也。余時爲諸生，試古學賦，此今并錄之。

秋聲何處吹煩懊，驚起高軒睡初熟。

濃陰滿地風滿庭，百尺芭蕉響深屋。

芭蕉花發狀多奇，百種殊形看不足。

扶荔宮中開似霞，五羊城外明于穀。

孤根深鎖郡城隈，長繞樵溪溪九曲。

漢廷楊柳想當年，張緒依依宛在目。

竹君先生手植時，煙條露葉如新沐。

先生人物續紫陽，文采風流追玉局。

騎鯨長去不復還，新詩遺飼蠻中讀。

蘇門高弟有黃陳，健筆龍文扛百斛。

慈恩寺墻早題名，青瑣朝班久綴屬。

平生知己契念深，觸目傷懷感幽獨。

綠天人去影離離，雲散風流不可續。

欲覓醉翁呼不聞，舉觴聊自斟醽醁。

芙蓉輕服芰荷裳，花落無言淡如菊。

狂來浥露寫新辭，闊葉森開大盈束。

緑天深處一花明，飛來交映紅蝙蝠。
亭亭氣比北澗松，瀟瀟響和西窗竹。
一林過雨洗濃青，盡日生煙泛寒綠。
丹青遽欲呼嵇含，寫作甘蕉圖滿幅。
相國甘棠清雨霏，將軍大樹寒風肅。
美人不來暮雲合，空思抱被來同宿。
月明疏影映欄干，知有幽人長躑躅。

塞上曲

胡天秋老愁雲暮，朔風吹沙月色苦。
燕支山木落蕭蕭，倒飛嚴霜如強弩。
寒光冷逼征衫薄，征夫血淚斑斑落。
鄉心一夜夢中回，魂返交河驚怒角。
龍堆血濺白骨亂，可憐少婦還癡望。
相思歲歲剪寒衣，柔腸寸逐金刀斷。
邊城自少李將軍，虜騎憑凌不可聞。
請纓孤抱終軍志，誰識書生義薄雲。
沙場終古愁覊鬼，夜黑青熒明漆炬。
腥風颯樹吹寒雨，戰魄啼冤天不曙。

擬王龍標昌齡塞上

飛霜殺關榆，寒日澹衰草。
大漠饒風沙，蕭條竟邊徼。
瘦馬臥夕陽，羸兵戍荒島。
安得頗牧將，一出蕭關道。

"殺"字一作"姜"。

水仙花用韋蘇州寄全椒道士韻

何處來娉婷，應是飛空客。天寒翠袖薄，亭亭倚白石。
湘江露下時，洛浦月明夕。月白露沉沉，凌波到無迹。

秋日寄族叔冕垂

高樹墮紅葉，滿林蟬亂鳴。不堪蕭瑟景，偏觸別離情。
痛飲誰更酌，狂歌獨漫成。閱耕亭畔路，何日與偕行。

陳大癡　十三首

字起蛟，自號鐵瓢山人，居邑北石溪，博覽道藏書，自言爲仙
不難，醫術通神，活人無算。豪家稍忤其意，輒怒去，所得金盡與
貧病之無藥貲者，無疾卒，有《大癡詩集》。

筐中蚕

忽憶天地闢，我心無所諳。旣闢此渾淪，我復立于三。
耕田食旦樂，鑿井飲何貪。曠觀古經傳，奧旨窺淵潭。
日索不能已，如彼筐中蚕。當其囓葉時，桑柘一何甘。
氣化不再食，悉吐胸中含。後先各一緒，猶學互相參。
綿延不可盡，引伸遂覃覃。組織五文章，奇彩幻雲嵐。
一縷塞天地，何論朔與南。寒景適所用，取舍審其堪。
□我長囁嚅，素髮垂鬆鬖。立言猶爾爾，當爲蚕所慙。

贈睡淵居士

天下茫茫何足道，萬彙紛紜誰是寶。
惟有驪龍頷下珠，問我我亦不能討。

睡淵之翁性已奇,淵豈可睡人皆疑。

我意潛深必有道,睡似不醒人不知。

箇中之樂不易測,得之弗言在于默。

默者恬淡養其中,萬物攻之不能逼。

如龍善變亦何能,嘘氣成雲任降升。

或作甘霖沛下土,污濁蕩盡身即澄。

太易有言是所樂,出處有常安于壑。

烱烱珠光照碧潭,誰得披鱗輕探索。

聖賢之學乃如斯,潛之養之不可移。

功業勳名隨分得,得之不即失不離。

睡翁所以事農圃,草角窮經紹乃祖。

餘閑偶讀神農書,間亦窺人見肺腑。

怪我今携肘後方,髮白猶非醫者良。

一片好心完不得,又向人間作酒狂。

或詩或文或論道,縱筆竪書或橫掃。

自謂神仙骨已成,如何又不還蓬島。

今朝相見頗相親,難得今人似古人。

我識翁爲朱子派,翁偏訝我太華陳。

静夜談心殊已少,輕風吹落燈花小。

栖鳥山空忽有聲,如何禁得春光曉。

休嗟邂逅遽離群,此夕精談誰得聞。

不如君且潛淵睡,我去青山踏白雲。

游西谷寺

躡入雲中去,巖欹不敢看。路通危石鐏,樹丫古藤蟠。

獻果猿心净,銜花鳥性安。那能求此境,老我作黃冠。

次白玉蟾梅花韻即效其體

天成丰格任清真，鐵幹凌撐在水濱。

但著幾花都絕色，如非此樹更無春。

衝風瓣冷仍含韻，迸雪心堅別有神。

可惜閉門袁處士，不曾踏雪作詩人。

和彭君京南白牡丹元韻

崔旛裊裊碧雲端，禁得春風曉露殘。

澹到盡情忘富貴，潔非無意見高寒。

縞衣仙子遺瓊珮，鶴氅山人倚玉闌。

長願素娥憐素質，樽前夜夜照冰盤。

自題《夢游羅浮圖》

渡海

白露障狂瀾，無人彈古調。獨我涉滄溟，天風答長嘯。

游洞

樓臺紫霧紛，云是神仙宅。誰識出山人，曾作山中客。

浴日

扶桑不可窮，抉背滄波壯。萬道走金蛇，紅雲推日上。

出定

神隨鶴去來，蝶托蒙莊化。一覺悟前身，依然千古下。

有所思

郎身若青山，儂似山中霧。好風吹不開，吹去還來附。

海水不爲深，相思無畔岸。海水但揚波，相思令腸斷。

夜泊北門渡

行盡秋山日已斜,隔林燈火有人家。

扁舟又過孤村外,明月隨人到荻花。

松下偶吟

除却尋芝便聽禽,桃花携得助行吟。

醉來枕石松根下,看盡青山無古今。

陳　誠　一首

字魯儒,在城諸生,有《靜山詩草》。

節婦吟

妾本貧家女,二八事良人。良人幼失怙,高堂有慈親。

奉養胡敢缺,操作備苦辛。生男甫三歲,呱呱達晨昏。

妾身誠薄命,良人歸黃泉。豈惜同一死,千載存其真。

上念老姑在,下念孤儿存。皎皎天上月,悠悠門前津。

陳國是　三首

字鍔士,邑北藍田歲貢生,有《時軒游草》。

夏夜與友人偶談王右丞外人內天之説因推其意而作

良夜啟北窗,勝友慰離析。元談妙入微,淡爾諸緣息。

止水含空明,枯松倚澗石。此意亦云何,渺然不可測。

184

庭院本蕭然，小雨時復滴。雨止凉月生，四顧轉岑寂。
動静互爲根，悟徹了無迹。與子且静參，忘言竟終夕。

次韻洞玄子游祥雲寺

古寺藏幽壑，蒼茫境地深。緣崖皆石峽，一徑得雲岑。
猿嘯驚山裂，鳥啼覺月沉。風凉正殘夜，誰與理瑶琴。

朱元發　二首

字達和，邑北黄溪歲貢生，有《愚軒詩集》。

讀汪堯峰先生詩有感而作

我昔愛吟詩，喜直豁情愫。拘儒論不然，確遵唐人路。
熟閲古人編，今得古人趣。中豈盡一律，影響終難附。
鳥鳴春在花，蟲吟秋滿樹。候至物自鳴，可以喻其故。

尋春

淡蕩風吹楊柳枝，幽人行步故遲遲。
只因貪聽黄鶯囀，惹得楊花撲面飛。

建寧耆舊詩鈔卷十一

張際亮亨甫原輯　後學

董　潤藕船參訂
李雲誥華山續纂
丁德煌藹軒校刊
朱熾昌純夫校刊

目　录

謝鳴鑾　十二首

字行佩，邑北黃溪歲貢生，有《琬亭詩集》。

中洲

秋風動蘆葦，夜色寒洲渚。孤舟繫明月，沙禽煙際聚。
鄉思白雲深，微茫辨江樹。

梁岸寺

修篠緣曲徑，荒筠翳高麓。好鳥林上啼，院幽僧亦獨。
日午山風吹，經聲出深谷。

小西湖開化寺

偶從古寺游，獨覽西湖勝。清磬夕陽殘，風泉亂吾聽。
坐久湖月來，塵心知已定。

醉歌行

群仙飛來一何遲，胡不偕我登天池。
山中醉客何所有，松花作酒葉爲炊。
有時一飲三百盞，高詞大唱驚群兒。
虎豹爲我鄰，木石爲我倚。
天風吹作雲滿身，拂袖人間笑塵土。
人生得飲且爲樂，安知今事已非昨。
君不見朝爲冠蓋場，暮如浮雲在寥廓。

秋夜旅懷

天末秋風起，蕭蕭旅雁愁。一身今萬里，獨夜倚高樓。
燈暗螢初入，江寒月正浮。羇心方欲絕，明發又孤舟。

和姚武功閑居遣懷

蕭條古宅西，日日野禽啼。移石安花圃，分泉入菜畦。

僮閑春睡足，犬吠竹檐低。身賤無餘事，幽栖理亦齊。

萋萋春草綠，處處喜聞鶯。野樹團雲重，林花著雨輕。

印苔雙屐折，掃石一琴橫。莫笑逢迎拙，柴車不入城。

惜別

相逢無幾日，相別復今朝。扁棹分携去，寒江正落潮。

故鄉飛鳥外，歸思白雲遙。回憶高吟客，何人伴寂寥。

石龕巖

懸崖半壁出飛泉，石衕橫開一徑穿。

山魈偷窺厨下飯，天風蹴起竈中煙。

巖扉白日雲來掩，籬角黃昏豹欲眠。

我與老僧趺坐久，香生石鼎細談禪。

春日江村

二月江村景物妍，杏花微雨豔陽天。

短簑負軛人如犢，野水當門屋似船。

八口共依三畝宅，雙橋橫鎖一溪煙。

携筐婦子初行饁，驚起饑鳥過別田。

凱歌

絕漠黃塵萬里開，前車齊唱凱歌回。

即看此日長城外，猶有湖天白雁來。

188

奉韶兵車破遠戎，枕戈臥甲馬嘶風。

班師諸將生擒虜，落日轅門論戰功。

陳鳳翔　十三首

字羽夔，號燾南，邑北藍田廩生，詩學李櫶園，金芑汀先生序
稱其"意興超遠，義古情深"，年三十一卒，有《栖竹遺草》。

田家

田家勤播種，終歲多祈禱。胼胝豈不疲，所望惟黍稻。

東作幸無荒，秋成始可保。艱哉農家子，勞勞那堪道。

桑田飛戴勝，原上呼布穀。東方日初出，老翁放黃犢。

催婦備晨炊，匆匆不飽腹。荷篢向東阡，插秧如披幅。

細雨足深犂，趁此如膏沐。

溪畔好風來，新蟬噪碧樹。田間景亦佳，作苦豈暇顧。

驕陽騰赤日，流汗各如注。清歌聊自慰，酬答群相聚。

日暮尚未歸，疲勞向誰訴。

孤煙上墟里，競逐牛羊歸。晚炊方自罷，相與扣鄰扉。

詰朝約相伴，夜起看星稀。安樂豈不懷，念此艱食衣。

爲語食粟人，飽時無忘饑。

雨後閒眺

過雨散頹陽,霽色滿林石。微風汛曲池,孤花灑餘澤。
獨坐滋幽虛,散步曠阡陌。奔澗開泉竇,遠峰露雲隙。
薄靄颺空濛,殘霞耀金碧。須臾淡遥村,桑柘炊煙積。
不覺新月生,娟娟照初夕。

題《洞玄夢游羅浮圖》

空堂一夕撼風雨,海浪浮山已在户。

是誰坐守失蓬萊,一股劈破巨靈斧。

鐵柱撐空裂天石,直逗銀河震雷鼓。

四百峰覆雲窈冥,青鸞白鶴紛來舞。

中有一人目瞳瞳,得非采藥安期翁。

荷巾與布衲,飄渺隨天風。

玉顏二童子,笑指瀛洲東。

吾聞丈夫豈必誇印綬,富貴浮雲亦何有。

李白夢為天姥游,葛洪自請勾漏守。

看君意氣凌雲煙,何年徑卧羅浮巔。

相逢指點鐵橋路,夜聽天鷄海日圓。

寒食後一日作

風光彈指擲流年,寒食纔過又賜煙。

最是一村紅杏雨,消殘三月綠楊天。

踏青馬去迷芳草,掃墓人歸折杜鵑。

笑我長懷坡老夢,好教新火煮新泉。

石潭

我愛秋潭水,清空微淡蕩。拂石坐鳴琴,白雲生潭上。

南浦

雨過浦水深，風吹浦水綠。春草已萋萋，怕聽別離曲。

楓橋

日落楓林晚，遙村暮靄連。兩三漁火出，人語斷橋煙。

七夕

隔河經歲是佳期，罔道黃姑會面遲。
應爲愁人寬旅思，天家也有別離時。

雜興

堪嘆英雄枉絕塵，一朝失勢自沉淪。
旗亭被酒何人識，射虎南山醉尉嗔。

長懷稽阮樂山林，隔代風流托賞音。
假使山王非貴顯，太常應有七賢吟。

鄢尚鵠　五首

字希高，邑北藍田人，年八十餘，有《半恬吟稿》。

遠行

旭日隱東峰，好鳥喚疏籬。行子念遠征，侵晨起閨幃。
柔聲對慈母，含情別妻儿。兄弟一瞬隔，知交盡乖違。
寸心緒早亂，不能措一辭。遲遲向周道，悠悠望天涯。
浮雲去無定，流水欲何歸。覯物愈增感，沉憂祇自知。
他鄉杳何處，故山長夢思。

歸家

風雨返荒村,囊空羞到門。山妻携稚子,笑臉帶啼痕。
欲訴三秋別,先傷半菽魂。夜闌相對坐,寂寞竟何言。

閨月

何者極無情,最是閨中月。今夜照相思,頃刻變華髮。

楊柳詞

飛花何事逐東流,到眼游人滿陌頭。
休遣長條輕繫馬,故園春色灞陵秋。

宮怨

無賴春光徧後庭,夜聞前殿按歌聲。
君王忍受蛾眉妒,更恐瑤臺夢不成。

鄢凌霄　一首

字南珍,邑北藍田監生,有《璞山詩集》。

洞庭舟中月夜寄董君蒼成陳君魯祥

萬頃波濤白,洞庭月滿輪。光懸巴子國,冷照異鄉人。
歸夢憑遥雁,鄉懷寄綠蘋。何時風雨夜,復作對牀親。

熊夢鰲　八首

字錫廉,號冠山,邑南軍口諸生,有《留耕堂詩集》。

192

夕發洛陽浦

客心驚歲晚,夜裏尚孤征。遇險捫藤過,無燈逐月行。
環村寒水咽,遠郭凍雲平。何處淒風狘,啾啾獨自鳴。

蜂

不信君臣義,微蟲且共知。春秋供課急,朝暮放衙遲。
翅薄翻花折,冠高映日欹。未須驚受罰,采采已忘疲。

蜻蜓

久與世無競,飄颻任所之。空山疏雨裏,高隴晚晴時。
故故因風遠,依依點水欹。蚊虻須漫啄,童子已膠絲。

田螺

螺爾乘時出,平田幾度經。噓風身欲露,冒雨戶常扃。
石罅含泥蟄,莎根帶沫腥。携來花外寺,佛髻認真形。

蜉蝣

天地無終極,群生爾最浮。衣裳空羽翼,朝暮自春秋。
憂思乾坤老,歡娛歲月流。百年終遞盡,何事笑蜉蝣。

九日榕城歸舟

豈不樂茲土,天寒客盡歸。帆隨千嶂轉,風挾一江飛。
岸闊潮聲壯,秋殘樹影稀。白雲迷望眼,何處是慈闈。

之遠有作

貧是迂儒慣,難安爲老親。荒鷄催曉夢,羸馬別家人。
淚共林花落,愁隨岸柳新。今宵何處宿,指點認前津。

秋笳

雲斂關山月正明，何人拍按祝家聲。

梅花落盡垂楊折，無限秋思一夕生。

熊際遇　二十二首

字虞典，邑南軍□歲貢生，任連江教諭，篤學行，工古文，獎掖後進，一字之佳，亦娓娓稱道不倦，著有《藕亭制義》、詩賦古文等集。

夜起步至前林

深宵不成寐，起步出柴關。萬籟此俱寂，幽人心自閑。

明河低半樹，殘月隱空山。且遣家僮睡，漫游殊未還。

見友人架上猩猩毛筆作長歌示之

桃梛葉暗山萬重，猩猩夜號雲外峰。

一朝醉展落君手，晴窗脫帽頭鬖鬆。

硯池渴飲墨一斗，雲箋滿幅蛟龍走。

鼠鬚雞距總凡材，鹿毛麟角復何有。

吁嗟乎！

男兒七尺自豪健，麟閣勳名及時建。

徑須萬里覓對侯，何事低頭弄筆硯。

主人著述高等身，平生寶此無比倫。

健筆盤空氣如虎，龍鼎可扛天可補。

直將赤手縛麒麟，自詡當筵賦鸚鵡。

勸君懷珍且披褐，勸君有口囊須括。

才華招忌語招尤，莫向人前強喧聒。

君不見猩猩能言機事疏，束縛自累胡爲乎？

秋柳

西風千萬樹，一夕盡秋聲。暮景難爲別，攀條空復情。

寒郊清露冷，殘照淡煙橫。搔首江潭曲，愁心落葉并。

老驥

長年嗟伏櫪，撫劍一沉吟。落日下邊草，秋風動壯心。

死生堪付托，骨相本崎嶔。尚想前途去，遙遙關塞深。

寡婦篇

婦謝氏以貧鄙爲夫所棄，獨處三十餘年，自矢不嫁，夫死衰泣盡禮，歸家養姑以終老焉。

生不識鴛與鴦，死不識鳳與凰。

昔爲棄婦今寡婦，無復雙飛共頡頏。

妾身生小貧家女，羅綺春風謝儔侶。

結髮從君矢靡他，君愛君憎君所與。

冪冪兔絲花，青青女蘿草。

誰使強纏綿，隨風輒顛倒。

團扇經秋掩碧紗，白頭吟罷重咨嗟。

自分羅敷原有婿，可憐棄婦已無家。

戀君門柜不忍出，卅載低顏居別室。

春色年年到故園，落花應有重開日。

鯉魚江上秋風早，隔岸芙蓉相對老。

欲買長門賦未成，還歌薤露心如擣。

携籠含淚采蘼蕪，日暮山頭泣故夫。

君家門戶無人主,寂寞堂前有老姑。

歸來仍自執箕帚,不得事君事阿母。

蒼茫何處是泉臺,許妾殘年自効否。

春閨

妝成繡幕翠蛾顰,記取年華又暮春。

滿樹東風滿簾雨,落花庭院一閑人。

臺江留別

日日石尤風倒吹,三朝休怨峭帆遲。

天知人意難爲別,留我還于送我時。

友人有以余氏三世割股事見示乞詩者書此答之

名豈慕苟傅,行豈慕苟難。至性自中發,亦求心所安。

余家有賢婦,早歲歌離鸞。割股療姑病,不惜肢體殘。

賢嗣繼芳徽,事祖心力殫。母臂爲姑剌,儿肉爲翁剜。

更聞君曾祖,孝行推獨完。亦以此事著,遺範後人看。

我來披遺傅,讀罷起長嘆。人孰無祖父,所求菽水歡。

晨昏職尚虧,誰采南陔蘭。君家世濟美,高風振頹瀾。

遂使庸行地,駭此奇異觀。求仁自無怨,疇能識其端。

流風被鄰里,惻惻猶含酸。

雜詩

聖人有鉅制,以爲萬世規。末俗滋流弊,至道本無疵。

誰歟智自用,謂欲鋤禍基。昧禍所從出,蔑棄古所遺。

屋則有棟梁,網則有綱維。摧棟斷其綱,而以求善治。

懲噎乃廢食,哲士知其危。

把釣上高山，持斧入深澤。所欲非所求，倀倀嗟何益。
大茨遇牧子，知是雲霄客。憐我久迷罔，示我所從適。
貿貿煙霧中，蕩然倏開闢。白日照肝腸，高風搏羽翮。
獨立萬峰巔，長嘯遠天碧。

閑居觀道妙，道妙在希微。下有潛魚躍，上有高鳶飛。
境空象自著，意愜理無違。覩此萬物情，悟彼造化機。
會心不在遠，冥然與同歸。

虎豹能食人，山林有遺類。蛇虫能螫人，草澤得依庇。
大哉天地心，并育不偏棄。詎不遏殘凶，置之自有地。
詎不衛善良，防之自有具。醜族何必殲，要使群生遂。
聖人効驅除，義盡仁亦至。

大鵬將圖南，所恃在六翮。展若垂天雲，搏風去不息。
繫維翮之豐，實亦鵬之力。拔以附鷽鳩，控搶連不得。
乃知凌霄姿，匪徒憑羽翼。剢彼背腹毛，增加復何益。

隴山有文鳥，自誇毛羽珍。托栖在瓊樹，顧盼爭青春。
聰明招物忌，炫采與禍鄰。一從嬰羅網，憔悴損精神。
夜夜故鄉夢，欲去道無因。雄雞自斷尾，象齒終焚身。
超然愛憎外，希夷保其真。

木不可爲釜，鐵不可爲舟。神駒日千里，負輈不如牛。
適用乃爲貴，虛名安足求。當位功自著，易處反貽羞。
不見雨行者，御簑勝御裘。

197

驅車上太行，山回路傾虢。一步一凝神，兢兢肝膽裂。
驕彎入康莊，心輕氣勇決。中路一顛頹，車輪倏摧折。
視履險成夷，壯趾平而蹶。請語當塗人，禍患在所忽。

蜣蜋轉糞丸，凉蟬飲秋露。清濁本性成，各自足真趣。
倘教易地謀，却走兩不顧。腥羶衆所趨，賢士驚若騖。
豈伊故異人，亦以守其素。鴟鴉嚇腐鼠，焉知予所慕。

種花種桃李，采藥采參朮。參朮駐頹齡，桃李待秋實。
所樹倘非人，生死不得力。匪唯不得力，驕寵反成逼。
彼既負恩私，茲亦愬鑒識。枳棘能傷人，君子慎所植。

伯夸自死名，盜跖自死利。名利雖分途，傷生揔一致。
所以賢達人，翛然寄遠意。順道得天全，足已空外累。
君看無心雲，飄飄安所寄。

我來淮陰城，欲問王孫迹。窮餓亦尋常，丈夫且寄食。
如何慕殊勳，釣竿輕一擲。功高不容身，學道媿通識。
東漢有高人，羊裘釣大澤。山水自蒼茫，冥鴻何處覓。

明日照虛牖，秋虫鳴空林。羈客愴孤抱，幽人豁靈襟。
景物無舒慘，哀樂隨人心。齊侯涕自隕，何必牛山岑。
孟嘗哀自悲，何必雍門琴。達人空諸累，遇物趣堪尋。
獨坐發長嘯，浩然思何深。

人生無貴賤，所係皆不輕。安得隳常職，適我傲惰情。
生勞死則息，信與大運幷。天地生我時，亦望我有成。
與物同枯槁，何異無此生。

【注】《邵武府志》載，熊際遇，號藕亭，詞旨淵潔，多得力於韓
歐，尤喜獎掖後進。邑孝廉張亨甫與張怡亭皆以長輩事之。著
有《希古堂文集》、《藕亭制義》、詩賦等集。

朱其燮　一首

號惺廬，邑西白眉人，嘉慶癸酉舉人，歷任崇安、永福、鳳山
教諭。

永陽留別
五年容易過，一別最爲難。風雨憐今夕，鶯花戀舊官。
名山都割愛，好友尙留歡。海國浮槎去，相思水渺漫。

建寧耆舊詩鈔卷十二

董　潤藕船參訂
張際亮亨甫原輯　後學李雲詁華山續纂
黃錫疇子錫校刊

目　录

鄢 翱 七首

字接之,邑北藍田人。嘉慶丁卯科舉人,歷任龍山嘉禾县,
改政和訓導,有《鶴汀詩稿》。

答楊葉庵用坡翁與友人游道場何山詩原韻

君心與天游,我志亦不小。嗟彼入廟犧,何如托林杪。
匪君堅鄙心,無由抗塵表。大道墜茫茫,予懷愁渺渺。
共保百年身,此事何日了。幽居或不遑,況復世事繞。
所恃德不孤,美人親窈窕。高岸爲深谷,吳宮化作沼。
岷江日悠悠,吾心日悄悄。清夢結古歡,逍遙振鵬鳥。
搶榆笑鶯鳩,適形所見少。鴻飛入冥冥,邇原懼火燎。
家難今已多,我又集於蓼。淡泊心所甘,風垢去匪矯。
但今吾道聞,何妨等餓殍。人生非金石,慎毋自憧擾。
所以古之人,虛中愛綠篠。玉露浥湛湛,清風吹嫋嫋。
盪胸吾能言,餘滓恐未杳。養茲平旦氣,無使牿昏曉。

桃核猴四首

與其沐而冠,孰若成枯槁。桃或可長生,庶幾與偕老。

免得爲桃梗,徒貽土偶譏。頑然成一物,無是亦無非。

未免物於物,猶憐未化形。且教懸紙帳,心頗異蠅營。

劍術侈猿公,無端逢越女。即學東方朔,詼諧笑不止。

凍雀六章選一

安心且耐冷,徹骨不號寒。死且不求憐,求憐生已難。

鶴汀自題松菊相依小影

三徑餘松菊,十年豈遂忘。身如木葉脫,心較死灰長。
静狎支離叟,幽分隱逸香。獨於人境外,山水共徜徉。

鄢 翰 二首

字立軒,邑北藍田諸生,鶴汀弟也,亡年二十九,有《墨林遺
草》。

立秋日寄四叔里升

萬里風塵客,頻年向北游。大江一葉下,落日五湖秋。
驛路瞻天遠,歸帆信水流。白雲思縹緲,凄切異鄉愁。

秋日晚眺

人家一水分,兩兩青山對。秋在蓼花邊,人在斜陽外。

王 笏 一首

字縉之,號執齋,在城歲貢生。

除夕

一聲除舊臘,爆竹各喧然。短角頻催曉,殘燈尚戀年。
階餘寒雪在,春入早梅先。慚愧詩難祭,閑吟了數篇。

朱　珊　四首

字韜林，邑水東諸生。家甚貧，常閉門餓，但吟詩度日，意度蕭閑。詩格頗類賈島、方干諸人，有《寄情草》。

閨怨

載行不載歸，願廢楫與舟。輿去不輿還，願毀輪與輈。
出門輕薄兒，十載不回頭。房櫳綱絲冒，鏡奩塵埃浮。
京室日行樂，空閨日沉憂。妾身合棄置，新人盼以修。
但得新人好，紈扇莫復秋。

早行

曙河依月在，宿霧與天平。茂樹圍荒驛，洪流壞古城。
黎元亦已困，官吏倘能清。匹馬關山客，茫茫百感生。

登烏塔

形勢諸天逼，登林萬木低。人聲飛鳥上，秋色去帆西。
國指琉球近，峰看屴崱齊。川原何莽莽，落日海風淒。

晚眺

嶢嶂獨綿延，小岑群峴崬。嵐翠莽合離，半入斜照紫。
雜花生春樹，高鳥飛不止。崖屋懸如巢，路人歸似螘。
隔浦急行舟，晚煙漸四起。坐聽風泉音，忘機狎鹿豕。

陳大成　一首

字未亭，邑北藍田石溪監生。

谷口亭

閉關謝世緣，長與松爲友。朝朝望白雲，去來在谷口。

陳際飛　一首

字鷺翔，邑北藍田諸生。

秋夜寄黃大雲浦

蕭蕭孤館地，暮色正微茫。月散疏篁影，簾凝净藕香。
消閑伴茶具，支倦得琴牀。爲問山齋士，清宵吟興長。

【注】《邵武府志》載，陳際飛少失怙，二弟俱幼，衣食不能自
給。際飛傲岸有氣節，不以貧受人憐。教授於鄉，午隙爲人傭
書，以給幼弟饘粥，晚發篋讀書。乾隆戊申，以古學見知於督學
陳公，籍郡庠，旋食餼，由是以詩賦著名。先爲弟授室，已四十始
娶。強毅負重，凡義所當爲，不退縮。重友誼，共事無私計焉。
著有《葦汀詩集》數卷，律賦一卷，《鈞天樂詞曲》一部。

陳　沖　一首

字深起，號卓菴，邑北藍田石溪嘉慶乙卯科副榜，歷任州判、
縣丞、署縣篆，有《潛志樓初集》。

秋懷

高堂叩虛牝，幽幔動凉風。我讀古人書，一燈明静中。
相對默無語，虛領覺未窮。春花落翠羽，秋露疏青桐。
窺牖見月色，蕭然萬籟空。

陳　禧　三首

字集嘉，號愚菴，邑北藍田石溪恩貢生，篤學行，修明經術，推轂後進不倦，所作詩多散佚，其子遷之搜得手迹殘稿，錄數首未知，果不謬也。

感懷

秋蟬不知暑，夏蟲不知寒。豈其任造化，甘與時俱安。
蟬聲爾何悲，蟲聲亦何歡。萬物難自主，因此發長嘆。

仲夏鵙鳴時，反舌忽無音。百囀亦任女，一夕使女瘖。
太過道所忌，因知造物心。多言徒致咎，近鑒在微禽。

孤鶴林中號，魚鶿梁間吟。彼清此太濁，所處各異心。
鶴饑亦索食，屬厭難自任。揮之終不去，梁間鶿誰禁？

謝天錫　三首

字九疇，邑東楚溪諸生。

月夜飲

此月生何年，此酒來何處？舉杯勸嫦娥，莫向西山去。

夢中得第三四句醒而足成之

天上曦娥不肯留，人間華髮且風流。
侍儿笑我花前坐，幾片紅英打白頭。

靈山寺留別黃立臺

鳳凰栖老碧梧枝，準擬相從歲暮時。

店遠客嫌沽酒緩，樹陰佛笑看書遲。

少年經卷嗟流落，寒寺鐘聲送別離。

明日楚溪溪水外，暮雲何處最相思。

李仙根　四首

字實敷，古山先生嫡孫也，諸生。少有雋才，志學甚銳，年二十一卒。

閱五代史

開寶昇平畔逆萌，華夷禍亂遂縱橫。

深宮一陣風流戲，餘烈猶貽五代兵。

初雪次蘇公禁體詩韻 三首

空山繞舍堆黃葉，一夜平鋪紛積雪。

高齋清冷愜幽懷，古徑微茫人迹絕。

呼童掃徑踏雪行，探奇不惜屐齒折。

遙看洲渚自縱橫，遠望寒流映明滅。

谷前松櫪皆十圍，壓屈離披誰汝掣。

歸來倚檻鑑方池，細皺縠紋生碧纈。

虛空飄灑勢未休，屋瓦時聞聲蕭屑。

曠觀皎潔遍三千，歷覽橫斜供一瞥。

清寒漸覺沁肝脾，快景那辭饒言説。

興來滌硯醉揮毫，却笑桑生曾鑄鐵。

瑶池六出花無葉,飄灑瀛寰散香雪。
雨師剪出須臾頃,天女散來緣習絕。
碧霄仙客謫人間,別久初逢心欲折。
因風時愛舞婆娑,映水還欣色明滅。
便須載酒蓬萊賞,紫禁高眠鈴索掣。
曉來醉起錦衾溫,頰上初舒朝霞纈。
珠簾試捲望八絃,顛倒橫斜紛屑屑。
太空雕琢爲誰妍,巧變徒能供一瞥。
御風徑反元圃巔,始笑下土多言説。
向思昔日墮紅塵,鑄錯真須九州鐵。

四海一杯舟一葉,醉往神山餐絳雪。
天公游戲水晶宮,六合空濛景特絶。
五嶽幻變失真容,萬卉鬖鬆畏摧折。
崖高林密虎豹藏,江静波深黿鼉滅。
俯看一氣混茫茫,鴻鈞之柄谁手掣。
恣令顛倒舞風前,并令橫斜紛眼纈。
深谷時驚折竹聲,樹撼回飆飄落屑。
皎潔輝光千里同,堦砌填盈但偶瞥。
奇觀勝境溢畫圖,雄情逸興超談説。
高吟白戰令維嚴,佀仗毛錐安事鐵。

黄宗倬　二首

字卓人,邑北嶺頭人。嘉慶辛酉拔貢,有《陟瞻詩稿》。

古詩

古來一片月，留與照今人。今人不見古，見月乃傷神。
遙遙百年內，所恃非吾身。形骸歸有盡，令名輝千春。
所以貴賢達，汶汶寶其珍。常恐坐無聞，安心居賤貧。
幸免古人嘆，寧受今人嗔。

天高不可升，淵深不可入。俯仰竟茫然，憂思百端集。
我有素心人，遺世而獨立。上觀鴻鵠飛，下玩龍蛇蟄。
浩浩一無營，何者爲於邑。駕言往從之，孤蹤杳難及。

黄肇元　四首

字承謙，號未涯，邑北嶺頭監生。

雜詩

嘆息萍蹤滯海門，幾經欵叚過煙村。
梅花有恨冰心結，環佩無聲月影昏。
傳曲衹聞傷往事，折蘭何處吊芳魂。
二南不解琵琶意，莫與明妃一例論。

夜渡烏龍江有懷

烏龍江闊怒潮奔，蒼莽風雲接虎門。
天際帆檣飛鳥疾，夜深燈火亂星昏。
三年作客仍行遠，萬里愁秋更愴魂。
回首無諸臺上月，光輝都在薜蘿村。

書《蠶繅集》後

感慨無端恨未休,孤燈高館唱梁州。
眼空萬卷方成學,心到千秋始許愁。
塵世豈能妨笑傲,壯懷端合寄風流。
可憐一種纏綿意,化作雲煙淡不收。

談兵今復見樊川,拔劍哀歌孰與先。
落拓祇應名士重,疏狂能得美人憐。
雄才力破滄溟浪,逸氣高爭尺五天。
安得貔貅千百萬,待君計日勒燕然。

黃光曉　二首

字泰交,號羲谷,邑北里心諸生。

雜興

山館日以寂,山雲時復來。簾開明月上,花影落蒼苔。

屋角嬝蛛絲,遥天接松碧。相對亦相忘,何知今與昔。

黃調鼎　一首

字汝梅,號傅巖,邑西里心人,道光辛卯科舉人。性灑落詼
諧有天趣,文思敏捷,一時無兩,所作詩文不自收拾,經亂後無片
紙存者。

210

喜得家一廬太夫子詩稿恭題志概時年六十六

先生木儒宗,年高德復劭。
舉動法程朱,簡籍富張邵。
傳家惟雍睦,一堂皆友孝。
先生長子夢徵邑廪生,以孝聞,采入省志。
志鬱不得伸,猶自樂吟嘯。
授徒北林寺,娓娓皆詩教。
先子師先生,十載傳其妙。
鼓潭有吟草,未必非訣竅。
小子甫六齡,即得承笑貌。
安詳與恭敬,不惜辟躧詔。
未見先生吟,吟亦防炫耀。
秘惜類什襲,誰得瞰奥窔。
先生去已久,遺稿疑付燎。
董生得何來,獲如鼎自部。
董藕船茂才從兼丞姪敗簏得之。
鬼神呵護之,人力豈能到。
浣讀半闕殘,蠹餘頗難校。
投壺魯薛鼓,剝落誰敢誚。
周宣車攻詩,石鼓埋泥淖。
殘膏與賸馥,沾溉隨所好。
幽光理必發,或者天之報。
鄙言紀大略,多志恕老耄。

吴　昇　一首

字俊天,邑西浦上諸生。

寄懷太華山人

朝持明鏡喜,暮持明鏡憂。喜憂倏忽間,人事能久留。
灼灼庭前花,萋萋階下草。蝴蝶幾日來,爲我憐媚好。
媚好不長存,昏旦氣候更。秋風颯寒景,萬壑群陰生。
去日不能惜,來日復可悲。區區白髮心,嗟哉復何爲?

吳士塤　二首

字信甫,邑西浦上人,殊年二十二,有《曉山遺詩》。

山齋遣懷

蛙鼓落寒漪,衡門獨悵時。感親殊切慕,憶弟更調饑。
矮屋天昏早,長林月到遲。家山原咫尺,猶自寄離思。

山中感事

高館寂無譁,蕭然惟几席。焚香澹所爲,一悟得今昔。
白雲浮遠空,幽鳥鳴前陌。離離原草青,淺淺溪沙白。
緬彼漁父歌,滄浪信所適。

吳 醋　一首

字厚園,德先之子,諸生。篤學行,工古文,以性不近詩,所
作隨手散失,撿錄一首,略見梗概。

送黃大伯喬讀書閩中

男儿志四方,游子戀故里。君今當遠行,予情曷能已。

論交甫三載，愛厚如兄弟。相期在遠大，豈復屑凡鄙。
讀書要有用，君志吾所許。七閩號大邦，人文昔蔚起。
要當友仁賢，篤實乃佳士。君如得所資，斯游亦云美。
顧此耿耿心，念別隨流水。

饒　典　二首

字辟雍，在城人，道光壬辰科舉人。任廣西河池州知州，卒于官署。

訪梅

索笑巡檐日幾回，前村忽報一枝開。
荒山寂寞憐君獨，高格清疏許我陪。
策蹇慣尋香雪界，忍寒去踏水雲隈。
羅浮仙子孤山客，莫笑先生不速來。

仙姿一夜返芳魂，開遍山村與水村。
如爾可人真絕世，思君入夢輒傾樽。
騎驢湖上春無迹，放鶴山中雪有痕。
却怪洛陽高臥客，暗香疏影忍關門。

余本材　八首

字德彰，邑東楚溪人，不事榮利，以耕以樵，慕陶淵明之爲人，遍和其詩，深肖五律，極似杜古，賦亦工，著有詩集。

雜詩

此亭非我亭，此地非我地。枳棘塞荒途，吾駕安可稅。
整裝赴荊楚，將隨漆園吏。逍遥南華上，遨游快心志。

曉日出東隅，薄暮頹海島。瓊葩發綠枝，高秋悴枯槀。
焉見輕薄子，繁華至衰老。商君罹極刑，李斯尚不保。
人非金石軀，奚能逃大造。魯鈍信謀拙，知巧安足道。
福基降匪天，禍萌防及早。臨窗展楚書，深嘆善爲寶。

山居冬日

木落空山靜，天陰精舍昏。煙雲迷磵谷，雞犬宿柴門。
覺餒炊新黍，因寒覓舊褌。邇年衰肺氣，常喜曲房温。

獨步

臘盡渾無緒，清明獨步蹊。波搖沙岸圻，雲暗雪天低。
地濕征人斷，山深去鳥迷。徘徊暫佇足，聊以當羈栖。

陽春

躐步荒墟暖，風光應小春。林深枝掉帽，野曠鳥呼人。
旁舍寒梅冷，疏籬晚菊新。可憐幽雅地，誰與往來頻。

春夜偶成

夜久更聲寂，春雷倏爾聞。檐虚鳴驟雨，庭暗宿重雲。
問句忻儿子，縫衣憐細君。中宵渾不寐，散帙撿遺文。

述懷

天地無偏頗，人生有賢愚。大哉古聖王，垂教卑吾儒。
振鐸理風醇，出墨而就朱。勿使雲霧隔，昭昭滄海珠。

荆玉豈有瑕，常被青蠅污。道義奮自勉，應與堯舜俱。

客至

空谷經過少，嘉賓忽遠來。正巾花徑立，掃榻竹扉開。
洗碟陳山果，傾壺發玉醅。情親憑小酌，盡興莫勿回。

朱文瑩　一首

字贊敷，號月巖，邑北黃溪諸生。博學多記，凡邑中人才及所賞山水勝處，無不手錄，與談故事如數家珍。所著歿後盡散佚去。

寄楊葉庵

天涯惆悵夕陽曛，水遠山高每憶君。
見說匡廬多大隱，逃禪莫入五峰雲。

朱錫周　一首

字行偕，號星槎，邑西社園太學生，例授州同。

紅粉鏡骷髏圖

流水桃花色色空，百年何處認東風。
休誇小婦顏如玉，白骨青山萬古同。

鄢　澹　三首

字凝軒，邑北藍田人。

溪上

朝朝溪上去,孤興逐春菲。踏影度花浦,臨流坐釣磯。
水蟲戀暖出,沙鳥帶晴飛。自是忘機者,相看物不違。

夜

滅燭散輕簟,月明如雪霜。微風在高樹,清露滴寒塘。
地僻覺秋早,人閑知夜長。寂寥竹林下,心賞殊難忘。

習靜

習靜此終日,了然空一心。不知夜來雨,但覺溪流深。
野鳥忽飛至,幽花開滿林。汀洲久延望,無事且沉吟。

董廷治　二首

字湘南,號脩田,邑北藍田諸生。

七夕有懷

去年今日客懷牽,水漲洪橋莫渡船。
紅袖青衫螺女卷,歌聲日暮起江煙。

秋笛

蕭蕭蘆荻戰平沙,瑟瑟西風咽晚笳。
吹出關山好明月,客中何處不思家。

建寧耆舊詩鈔卷十三

董　潤藕船參訂

張際亮亨甫原輯　後學李雲誥華山續纂

何懋龍松亭校刊

目　录

陳邦棟 十四首

字漢卿，邑北藍田石溪廩生，有《西陲游草》《寄情吟草》。

潮音洞

亂石疑無地，巍然聳異觀。梵音空際出，法象壁間盤。
洞宇千年古，江潮二月寒。斜陽下山路，蔥翠灑巾冠。

二月四日舟過彭蠡湖醉歌

我昔披圖經，夢游彭蠡湖。

湖中煙水與天接，蛟龍出沒群靈趨。

爾時萬籟鳴笙竽，恍追怪物出九區。

覺來燈昏月模糊，舉以問人人言殊。

今年乘興辭故都，筇枝遠略天西隅。

扁舟忽然落吾手，喜見五老同大孤。

五老峰高離立憑，紫虛大孤窈窕罿。

立水晶，壺山出雲氣。

湖水氣混茫，一氣連荊吳。

是時春水際地鋪，驚飆颮颮號銅烏。

峨舸大艑分風自南北，偉哉神功難具摹。

昔者僬諒事草竊，此湖決溠成萑蒲。

有明龍興肆蕩滅，即今康郎廟祀留雄模。

亦有張仙人，洪崖結丹鑪。

丹成化去幾千載，拍笑亭空惟榛蕪。

我醉扣舷歌且呼，指點虞淵日欲晡。

臨風三酹憶囊夢，明朝捩柁尋匡廬。

218

襄陽懷古

形勢荊南第一藩，高城倚眺正黃昏。

呼鷹臺冷餘春草，解珮亭空只暮猿。

沔漢江聲終古在，崔徐故友幾人存。

斷魂愁聽銅鞮曲，風雨凄凄暗鹿門。

重城合沓亂峰堆，雲氣沉沉鬱不開。

老樹漸迷王粲井，寒煙半鎖杜康臺。

隆中高臥千秋事，峴上登臨一代才。

暮過大堤堤畔宿，滄江白石使人哀。

潼關

險絕雄關宅勢尊，石林斜繞護重門。

天回太華峰遙拱，城壓黃河浪倒翻。

西北烽煙通大漠，東南雲氣鎖中原。

憑陵往事愁回首，落日悲風戰馬屯。

暮春過灞橋

水滿青溪花滿堤，樊川東畔渭城西。

依依幾樹垂絲柳，送盡征人翠黛低。

輕煙羃羃綠陰遮，雁齒平橋一道斜。

惆悵千年離別地，落花飛絮滿天涯。

征車日日苦魂銷，那更銷魂過此橋。

小駐花驄堤上望，漢南春盡雨瀟瀟。

219

長安懷古

豐鎬聲靈久寂如,唐陵漢寢莽郊墟。

三峰終古盤晴華,八水長流繞石渠。

出塞功名懷倚劍,失時豪傑嘆傭書。

西來立馬饒惆悵,萬里風煙況雨餘。

七十二道腳不乾行

驅車午出翟家所,車輪數周臨水滸。

水流繚繞路彎環,七十二道君細數。

腳行水中那得乾,仰觀兩崖心膽寒。

傍崖蛇行石欲壓,亂流而濟驚崩湍。

大約路水如交紐,水石路向左邊走。

忽然路窮值水奔,涉水取路還從右。

左右俱窮水中立,兩腳經時移不得。

有石當前違咫尺,一跳也學猿猱擲。

吁嗟乎!

行路之難有如斯,鳥道羊腸未足奇。

日落出險行汲汲,燈火高原逢井邑。

敲店沽酒慰苦辛,相看僕馬身皆濕。

曉行溪澗中見月

乘月看淪漣,水月互幽冷。萬籟歇遙夜,孤光弄清影。

明河隔樹微,疏星逼東井。飛泉送繁響,鈴鐸亦寂靜。

征人半醒睡,微茫信所騁。皎皎縈旅懷,戒曉恣遄領。

行沙磧中寒甚

漠漠平沙萬里寬,日沉遠樹霧漫漫。

黑風刮罷黃風吼,三月羌戎別樣寒。

陳希夷先生墜驢處

一覺閑眠五代更，騎驢時向華陰行。

先生不與人間事，却愛人間見太平。

過魯山縣爲元道州先生故里感賦

昔讀舂陵行，兼及賊退作。藹然仁者言，渾渾去雕削。

追呼不忍爲，況乃事擊搏。蕭條告官吏，忠義久所託。

濟危需良臣，亹勉具方略。使得公十數，信爲救時藥。

故里一來過，連岡帶叢薄。不見哦詩人，高風慨冥漠。

【注】《邵武府志》載，陳邦棟父國宏，以藝寓建陽書坊。善揮霍，戚友多所優恤。殁後，邦棟奉母歸里。朝夕刻勵，授徒以供菽水，撫諸弟有恩。嘗游幕西涼，所著有《西陲游草》《木天詩文集》若干卷藏於家，并工書法。

舒　懷　十一首

字繼元，邑北藍田渠村人，有《惕齋詩草》。

來鳳縣

入山如在甕，出山如脫甕。甕底亂泉鳴，甕外列岫送。

笋輿石洞穿，僕夫肩背重。況其手與足，上下不得空。

顏鮆朔風催，發白寒沫凍。我行中心傷，相視胡不痛。

顧瞻日將徂，解鞍向來鳳。

蘆洲

蘆洲瑟瑟吹白花,新月一鈎雲半遮。

遠煙霧濕送流水,秋草萋萋生露華。

山氣雲氣渾莫辨,樹聲水聲時交加。

數聲柔櫓不歸去,老漁吹火明寒沙。

山行

偶逢山鬱鬱,忽聽水潺潺。境到無心處,風來自樹間。

落花春在地,啼鳥静歸山。幽意吾常得,浮生幾許間。

天游寺訪僧不遇

出郭未三里,緣溪上一峰。竹疏斜見日,山静遠聞鐘。

野鳥有禪意,浮雲無定蹤。永師今不見,寂寞撫孤松。

白崖城月夜

天闊雁孤鳴,霜高月滿城。山雲寒不動,野水凍無聲。

久客懷鄉信,離家仗友生。西戎古邊徼,尚説未休兵。

時西番張格爾寇。

大雪度隴頭崖

惨澹暮雲端,峰高欲上難。樹聲摇日落,山氣逼人寒。

廢壘餘兵火,防邊重守官。可憐風雪裡,猶自促征鞍。

酉谿舟中

城上萬鴉歸,林梢下夕暉。江聲穿石動,風力挾山飛。

歲月孤舟暮,親朋一字稀。人生如汎梗,嗟爾竟何依。

林子口泊舟

水急月行斜，扁舟到處家。苦吟憐蟋蟀，短夢宿蘆花。
襆被秋寒重，衰年老病加。浮生慣飄泊，餘得鬢毛華。

茅檐

門迤俯溪濱，茅檐返照新。亂流聲似雨，奇石立如人。
覓粟調馴雉，垂竿躍紫鱗。閑情任吾往，終是樂天真。

月夜蒔蘭館與混泉夜話

微風初過處，群籟總蕭然。皓月空於水，遙山淨似煙。
歲看知己少，貧望故人憐。屢向朋儕問，文章值幾錢。

歲暮解館留別諸友

臘盡寒深雪又加，苦將誦讀度年華。
一生磨我都因墨，自古傳人各有瑕。
南國雲迷前度雁，西園雨灑別時花。
登臨漫作歸歟嘆，轉眼春風已到家。

黃士遇　六首

字畏臣，未涯第三子也，邑廩生，有《槎客吟草》。

舟行即事

鼓浪挂征帆，西風透葛衫。灘衝迎亂石，岸轉走疏杉。
鳥道懸長纜，蜂窩漱舊嵌。中流懷擊楫，茲意與誰咸。

223

憶家兄柏喬 時客杭州

刺眼韶光暮，關心客路長。別離猶昨日，閩越各他鄉。
道遠書難寄，家貧業易荒。可憐明月夜，千里兩相望。

落花

濃陰漠漠壓空庭，暮雨凄涼不忍聽。
三月春光長代謝，前朝勝蹟幾園亭。
參穿究竟禪初定，閱盡繁華夢易醒。
自笑塵緣忙未了，半生飄蕩似浮萍。

秉燭曾經買醉歌，今來非復舊婆娑。
英雄晚節才華淡，世事中途孽障多。
滿徑白雲和月冷，一簾紅雨少人過。
榮枯亦是尋常耳，看盡炎涼可奈何。

贈藝士傳某

風輪翻動演三車，猶憶當時醉九霞。
一自黃粱炊熟後，瑤田何處覓琪花。

彎弧不得射天狼，獨宿江城怨夜長。
欲棄儒冠師季主，一聲長嘯海門蒼。

张雲仙 二首

字發翔，怡亭先生猶子，有《六溪詩草》。

224

山居

與世漸無求,非能志箕潁。只愛此山中,春前多好景。
鳥啼綠樹幽,花落芳池冷。清風帶草香,暖日移松影。
佳氣觸予懷,蕭然塵念屏。

白日掩柴關,興來獨游騁。逍遙信所之,勝事予心領。
遠水靄疏煙,孤村帶暮景。葉落空山中,蟬聲咽風哽。
眺望未移時,明月上東嶺。

鄔邦基　一首

字北萊,邑北藍田監生,有《北萊詩稿》。

寄家

客路三千里,韶關又贛關。夢魂不知遠,一夕到家山。

余文勳　七首

字永華,在城諸生,著有《北谿詩稿》。

山夜

山暗初月出,林靜午風止。影堂一燈青,心澄梵磬裏。
澗泉奔遠壑,清音奏流水。素心澹無營,得境幽如此。
長夜罷僧參,悠然悟禪旨。

寄升華

空山長寂寂，憶別夢柴荆。計拙悲身世，情親見弟兄。
艱難營養急，挫折處心平。念爾不能寢，觀書就短檠。

懷李鳳儀

所嗟予美隔，薜荔采山阿。不爲風波間，其如離別多。
雲陰看岫色，月渚聽漁歌。共有幽居趣，清吟君若何。

昨夢同劉苣川登平遠樓賦詩僅記起二句遂足成之

海外天風起，蒼茫夕氣深。故人頻闊別，入夢共登臨。
島動鯨波沸，樓懸雁影沉。感時懷古意，倚檻和高吟。

李忠定公祠古柏歌

後五百年此作客，半間何處尋偃月。公舊有偃月堂。
荒祠空繞五曲流，廣厦森森蔭雙柏。
不知種植自何年，喬木人今瞻故園。
霜皮老作青銅柯，空腹輪囷高百尺。
宋室猶存梁棟材，南渡當時本先撥。
摧折偏教遷謫頻，死抱孤忠公不没。
將軍大樹幾凋零，誰與甘棠戒剪伐。
那容螻蟻朽壤生，偃蹇根蟠雙踞石。
敬恭端復戀桑梓，神力護持長鬱勃。
摩挲不覺心頓驚，風雨滿堂還毅魄。
雙江曾亦聽松風，桂齋幾度尋遺迹。
福州雙江臺畔爲公松風堂，小西湖有桂齋舊址，今亦祀公。
何因瞻仰同鄉邦，歸來奠公澗蘋掇。
垂陰嘆比錦官城，參天枝老濃黛潑。

作詩誰起杜陵人，侑神祠下歌清越。

思家

漂泊孤身歲月閑，那堪離別憶家山。

更殘燈影搖窗碧，客倦霜華點鬢斑。

一夜柝聲喧枕畔，十年心事夢江關。

思親已老憐儿幼，何意羈留久未還。

對月懷五樓福州

對月懷千里，君今客瘴鄉。相思荔子熟，三載不曾嘗。

余　鳳　二首

字丹山，東鄉楚保人，著有《桐江詩草》。

游净慈寺步壁間韻

溪山一帶緑迎閣，雅喜來游日未昏。

樹密鶯聲調管韻，苔深馬迹印杯痕。

客因避暑閑過院，僧爲忘機少出門。

相對夕陽西欲墜，猶拈塵柄契新論。

和陳研農渡蛟湖元韻

風渡蛟湖細浪添，鱗紋柳緑映纖纖。

縱横帆向懸時定，深淺篙從落處占。

山雨欲來迷眼界，溪雲初起上眉尖。

閑花最解迎人意，趁得春明帶笑拈。

建寧耆舊詩鈔卷十四

董　潤藕船參訂

張際亮亨甫原輯　後學李雲誥華山續纂

何懋龍松亭校刊

目　录

僧雪浪　五首

住瑞雲峰，兼善書畫。

散步

散步孤峰上，芒鞋踐白雲。蟻行閑處見，葉落静中聞。
老竹生新笋，荒山失舊墳。最憐麋鹿侶，同伴到黄昏。

春日即事

景向春來好，閑行興自賒。風翻村上柳，水激岸頭沙。
歸犢猶銜草，驚蜂忽落花。朝來酒已盡，携榼問鄰家。

溪堂驟雨

盛夏多炎日，貪來水上居。驟風驚宿鳥，急雨散游魚。
禪閣清涼遍，山蹊往返疏。羲皇今未遠，高卧北窗餘。

居熊峰作

居山何所樂，相對謝塵氛。深樹難通月，高峰易接雲。
客稀人語静，風息鳥聲聞。妙悟從心得，寧爲世事紛。

散步

携錫閑游好，崎嶇到石門。行稀苔隱迹，地瘦竹浮根。
險徑樵難入，怪岩猿更捫。尋幽頻徙倚，無那迫黄昏。

僧廣亮　三首

字雪野，住紫雲峰。

建寧耆舊詩鈔

過白雲峰

一筇成獨往，秋色好千村。過嶺纔相見，尋溪莫問源。

峰頭雲斷續，竹外月黃昏。到此空塵夢，山花不厭繁。

懷陳君村客宛陵

聞道京門一棹還，題詩又在敬亭山。

不知合沓齊雲處，可有僧閑似客閑。

送春

一年花事又支離，風雨無憑信杖藜。

漫問春歸何處去，流鶯聲裏夢醒時。

僧興目　十二首

字伊嚴，住東鄉楚溪東霞禪院，塔在卓峰庵。後魏叔子謂其詩瀟灑無蔬筍氣。

中秋夜月

豈是尋常月，況兼叢桂開。幾年流水逝，今夕破雲來。

畏冷新披衲，觀空自上臺。不期烽火際，偏得此徘徊。

藻林寺曉光禪人欵予竹亭看桃花

即此空亭上，年年趣不同。前秋聽夜雨，今歲坐春風。

竹帶茶煙綠，桃兼日色紅。東君無限意，多在藻林中。

白鹿洞謁朱文公

五老峰前立講堂,真儒舌底鐸音長。

空山儘可傳書史,大道何曾外禹湯。

白鹿幾年方醒夢,青松千古自經霜。

石渠虎觀雖狼藉,尚有先生教未荒。

游白鹿洞約方大師同上二層巖

行上岡巒數十重,層巖何路可從容。

炊煙遥塢颺空碧,落日疏林醉冷紅。

徑寂惟聞投宿鳥,雲深難辨隔林鐘。

有人約向凌霄去,把手同歸月色中。

安隱寺春日同諸子訪僧不值

安隱不能隱,春光多出山。雲高連濟嶺,路古近杉關。

展鉢龍先伏,銜花鳥未還。我來君已出,身世幾人閑。

同行因有伴,不覺路崎嶇。緣徑花爭放,前峰雪尚餘。

法憑流水説,山許道人居。此日忘歸意,禪門響木魚。

和入山居詩

許多湖海浪飄蓬,誰肯黃梅學碓舂。

畢竟無成因逐鹿,終須有用是潛龍。

巖花易落三春雨,門徑相關幾樹松。

遠近茅庵從未識,不知何處一聲鐘。

剖開塵綱眼光超,再把胸中五嶽銷。

青鬻只須携杖往,白雲何用寫書招。

倘歸捷徑寧無路,即過重溪尚有橋。

漸喜不爲人所識,也堪終日混漁樵。

安隱寺

浮山不擇地,我復揀誰家。即此龍谿水,堪滋鷲嶺花。

閑身禁旦暮,托意在煙霞。博得荒田飯,還澆一椀茶。

老僧

罷參猶未久,對鏡忽成翁。平地時呼杖,游山屢倚松。

背寒常負日,齒缺不關風。愛聽啼春鳥,其如兩耳聾。

上金輪峰詣峀玉喜晤雪菴大師

青空將抵額,看月到松門。寶鏡光常滿,金輪位獨尊。

寒巖新雨露,紫柏舊儿孫。漫説孤危極,靈山血脉存。

久有孤峰約,高寒不厭尋。難將今夜話,傾盡昔年心。

座冷雲生石,霜清月滿林。前期相過處,添得一知音。

謝琳英　六首

　　清邑庠謝五衍女,性聰慧。幼從學於伯母王氏,授以孝經、論、孟諸書,輒不忘,好吟詩。年歲歸楊氏,事舅姑惟謹。楊故紈綺子,好浮蕩。琳苦諫不聽。遂厭之,屢逼其改嫁。琳怫然曰:"吾身可滅,吾志不可奪。"遂鬱抑成病,年甫十九歲而死。死之日曾作《絕命詞》一首。其伯母王氏曾有詩哭之,曰:"落花啼鳥已春過,怨入東風舊綺羅。碧玉游魂招不返,新詩寫罷淚痕多。"
又曰:"豔骨難銷蘭麝灰,黃泉有恨玉長埋。詩魂死後不終散,化
作寒香上早梅。"序其詩名《碎玉集》。

絶命詞

好姻緣是惡姻緣,悔却當年不學仙。
夜月空歸魂斷處,落花長怨曉風前。

傷親十慟選五

慈容

遥憶音容眼倍青,模糊曾記昔年形。
千金難購王摩詰,一寫慈身入畫屏。

驚夢

夢裏沉沉欲醒時,花冠□□□□垂。
近前握手殷勤問,父弟從今傍向誰?

惜花

盆植嬌花晝掩扉,何人汲水展羅衣。
樹間紅紫依然在,祇作紛紛蛺蝶飛。

臨妝

雪埋青塚罷殘妝,塵掩菱花引恨長。
不共慈親雙顧影,空遺玉匣夜留香。

機聲

釵逐紅塵燕子飛,鴛鴦已廢綠窗機。
錦梭自爾成龍去,暮雨梨花淚暗揮。

朱召南　一首

號湘蘋，廣文筠園先生季女，徐家泰之室，有《湘蘋遺詩》。

秋懷

涼雨瀟瀟動二更，殘燈猶在夢難成。

秋懷一種憑誰説，獨起披衣坐待明。

朱韶音　一首

朱韶音，號敬園，邑北溪楓鄢家述之室，有《課兒草》。

雪中有懷夫子時在□□

簾外寒威逼，山城客未歸。

□□□□慮，猶恐未添□。

【註】原刻本無朱韶音小傳，爲點校者所補。

附録一　建寧耆舊鈔記序

張際亮

　　蓋聞泉明録《群輔》，仲宣記《英雄》，尚矣！又如《高士》《神仙》之傳，亦復旁搜海内，侈談方外。矧溯自本朝，生爲同里，從無瓜葛之與，乃有桑梓之情；能不彷洛陽耆英之圖，繩漢川士女之志哉？

　　吾邑閩越辟隅，山川特異，神氣所降，才俊聿生。雖郡異會稽，少王、謝聲華之族；而士同襄漢，多龐、馬嘉遯之風。然而孝威土室，易委荒煙；孫楚酒樓，空餘明月。憶自有宋，迄於有明，道德之選如叔度，既風旨罕傳；辭章之儒如紹述，亦著書多佚。非由邑無好事考論文獻與？茲編事始百年，例如野史采摭聞見，蘄嚮詳慎。至於流寓之賢，方伎之巧，所不遺焉。

　　嗟乎！生登峴首，誰無太傅之思？往眺歐餘，自切右軍之慨。顧一朝溘逝，姓字俱湮；千古難知，文章亦朽。則在彼故鬼痛深若敖之餒，維茲後生益增涼州之嘆而已。且磨鏡之具一携，掛劍之途屢愴。黄壚落日，邈若河山；白馬素綏，魂來夢寐。敘訴親知之舊，恍惚游處之歡，抑賴有此。

　　或者謂：庾家墓上，少年吹長笛而不悲；安石門前，幾人咏華屋而知感？則茲編也，將終負耆舊之憾於無窮矣。

附錄二 《建寧耆舊詩鈔》所收錄的
詩人和詩作數量一覽

卷數	卷首總目所錄詩作數	實際詩作數	各卷收錄人數	備註
卷一	57 首	57 首	自余鎰至寧昆,計 24 人	
卷二	58 首	58 首	自陳恂至董騰蛟,計 25 人	
卷三	54 首	54 首	自余敏紳至朱仕靜,計 13 人	
卷四	57 首	57 首	自李俊至李書,計 5 人	
卷五	58 首	58 首	自朱仕玠至李智澄,在余龍後加了卷首目錄中所沒有的**陳邦韶**,計 12 人	
卷六	60 首	61 首	自李大儒至余春林,在余春林後加了卷首目錄中所沒有的**寧人望**、**姜紳**、**鄢九鎮**,計 11 人	
卷七	52 首	51 首	從鄢松至朱文旒,在鄢械後加了卷首目錄中所沒有的**鄢楓**,計 8 人	
卷八	59 首	58 首	從李祥廣至甘俊,計 9 人	

續表

卷數	卷首總目所錄詩作數	實際詩作數	各卷收錄人數	備註
卷九	62 首	62 首	從張紳至徐顯璋,計 13 人	
卷十	56 首	56 首	從鄢梓至朱元發,計 10 人	
卷十一	62 首	62 首	從謝鳴鑾至朱其燮,計 7 人	
卷十二	57 首	57 首	從鄢翔至董廷治,計 23 人	
卷十三	43 首	43 首	從陳邦棟至余鳳,在舒懷後加了卷首目錄中所沒有的**黃士遇**,計 7 人	
卷十四	31 首	28 首	從僧雪浪至朱韶音,計 6 人	缺朱韶音小傳
總計	766 首	762 首	173 人	

附錄三　張亨甫傳

姚　瑩

張亨甫,名際亮,建寧人。少孤,繼母撫之。父嘗賈鄞州,伯兄繼業。亨甫幼穎異,里中老儒李古山才之,其家乃使之讀。未冠爲諸生,與族兄紳、光澤高祖望、何長詔友善。肄業福州鰲峰書院。同舍生多俗學,亨甫視之蔑如也。陳恭甫編修爲山長,器之。

道光三年,余至福州,亨甫以詩來謁。余曰:"何、李之流也!子才可及空同,若去其粗豪,則大復矣。"明年,沈鼎甫侍郎視學閩中,試拔貢第一。乙酉入京師,朝考報罷。京貴人及名士言詩者無不知亨甫矣,新城陳石士侍郎延寓其家。

曾賓谷鹺使在京師,聞亨甫名,召飲,同坐皆知名士也。曾以名輩顯宦縱意言論,諸人贊服,亨甫心薄之。曾食瓜子粘鬚,一人起爲拈去。亨甫大笑,衆慚,曾不歡而罷。明日,亨甫投書責曾"不能教導後進,徒以財利奔走寒士。門下復不自知愛,廉恥俱喪,負天下望",累數百言。曾怒,毀之於諸貴人,亨甫以是負狂名。慨當時諸公好士而無真識,曾不如其好色也,取一時名優爲之傳,著論一篇曰《金臺殘淚記》,筆力高古,識者知亨甫所志遠矣。都中交深者,歙徐寶善、龍溪鄭開禧、宜黃黃爵滋、益陽湯鵬、山陽潘德輿,唱和尤密。

　　六年,余至京師,從游者久之。亨甫既爲朝貴所忌,試輒不利。自是歷游天下山川,窮探奇勝,所交名賢幾遍。以其窮愁慷慨、牢落古今之意,發爲詩歌,益沉雄悲壯;至天才豔逸,情致綿邈,則其本色,而亨甫之詩乃大成矣。

　　十八年鄉試,主闈試者途中約:"張際亮狂士,不可中。"而亨甫已易名"亨輔"中式。拆卷見其名,疑欲去之,副考申解而止。及來謁,果際亮也,主試愕然。會試復報罷。

　　二十年,余在臺灣,召之。亨甫喜,將渡海,及廈門,畏險,使人寫其貌,題詩寄余而返。聞鹿澤長爲寧紹台道,往依之。至則寧波失守,狼狽走江西。將至山東,不果,遂過桐城,視余家,訪方植之、光律原、馬元伯。而至湖北,葉方伯敬昌厚禮之。復之吳中,聞余爲英夷謀訴,江南奏劾,有閩人附和其言,亨甫憤甚,見某公面責之。計余赴逮必過吳中,栖遲以待。七月,余過淮上,乃從至京師。先是,亨甫有妾蔣氏,從在淮。及赴余難,留蔣于淮,屬其友。亨甫方疧疾,扶病從余,止之不可,自投方劑,未已。余事白出獄,亨甫大喜,從余寓炸子橋楊椒山故宅中。延人治其病,而所患已深矣。京師諸公聞亨甫急余難,義之,過余者必問亨甫。而湯海秋及桂林朱濂甫琦、柳州王少鶴錫振、道州何子貞紹基、晉江陳頌南慶鏞、高要蘇賡堂廷魁、閩陳弼夫景亮,皆亨甫故人,尤厚。疾革日,晨起自訂詩稿,屬余及濂甫執筆爲之去取。其夕遂卒,年四十五。余及諸君經理其喪,一時識與不識,爭致賻焉。余携柩至桐城,使人往閩召其子來,以喪歸。

　　亨甫詩已刻者,《婁光堂稿》《松寥山人集》《南來錄》。未刻詩文尚多,嘗語余欲編爲全集。卒後,余收遺稿於行笥,將成其志焉。其妾蔣氏在淮浦,逾笄,聞亨甫歿,大慟,誓死守。或勸之嫁,乃削髮爲尼。一小婢感焉,亦從削髮。河漕二帥及善亨甫者，咸重其才，高其義，又嘆異蔣氏，皆憐而資之。一時歌咏其事者甚衆。

論曰：自古名公卿無不愛才，近世則延納才士以爲己名，士利其財，亦爭趨焉。鄙者則面諛承奉，無所不至。此尚知有廉耻氣節哉？亨甫力振頹風，可爲矯矯矣。乃受其書者不愧謝，而以爲恨，時人復被以狂名。使亨甫達而在上，風節必有可觀者。竟不一第，徒以詩名，是可悲也。

亨甫内行甚篤，善事繼母。生平好游，伯兄常資之縱覽名勝。伯殁，厚視諸侄有加，每言繼母、伯兄，未嘗不泫然也。里中前輩，闡揚不遺餘力，所交海内賢士，老不遇者，尤推揚之不絕。年長於己者，禮之必恭；少於己者，正言教誘懇至，其敦篤如此。嘗負大志，余稱其有經世才，人未之信。後見盧厚山、林少穆二帥亦稱之，然後知余非私言也。

【注】出自《思伯子堂詩集》，同治己巳(1869)姚濬昌刻，福建省圖書館藏本。

附録四　　張際亮生平年譜

張際亮(1799—1843),字亨甫,別號南陽,榜名亨輔,自號松
寥山人、華胥大夫,福建省建寧縣北鄉藍田(現溪口鎮渠村)人。
祖籍福建邵武禾坪,宋代遷至建寧荆林源,明代遷至建寧北鄉渠
村,際亮生時,族人已居渠村四百載。曾祖以下三世皆貧。父鐘
禄,字錫千,別號寵賢,例贈文林郎,晋贈儒林郎,生於乾隆辛酉
(1741)三月十六日丑時,殁於嘉慶辛未(1811)十二月廿五日辰
時,享壽七十有一。母曾氏恩娘,生於乾隆甲戌(1754)八月廿七
日辰時,殁於嘉慶己未(1799)十月二十五日戌時,享壽四十有
六,生子八:際鳳、際凰、際唐、際輝、際盛(殀)、際韶、際興(殀)、
際亮,生女四。繼母吳氏柏娘,生於乾隆己卯(1759)十月初三日
丑時,殁於道光庚子(1840)四月十一日申時。際亮有妻二人,一
爲姜氏,生卒年未詳;一爲朱氏,生於嘉慶丙辰年(1796),卒於咸
豐戊午年(1858)。子涌芬,生於嘉慶戊寅(1818)二月四日,卒於
咸豐戊午(1858)。孫新魁,貧而不能自薦,姚濬昌資其習賈。

嘉慶四年己未(1799 年)　一歲
四月二十四日亥時生於福建建寧縣北鄉藍田(今溪口鎮渠
村)。

嘉慶五年庚申(1800 年)　二歲
際亮生六月,母卒,育於乳母家。

嘉慶六年辛酉(1801 年)　三歲

歸家,由繼母吳氏柏娘撫養。

嘉慶十一年丙寅(1806 年)　八歲

常省乳母,與其子相處融洽。

嘉慶十二年丁卯(1807 年)　九歲

見先五兄、同窗鄔墨林文秀都雅,竊慕讀書爲士。

嘉慶十五年庚午(1810 年)　十二歲

始從同鄉黃噓泉和姑父何桐枏先生讀書。是歲,五兄際韶卒。

嘉慶十六年辛未(1811 年)　十三歲

父卒,伯兄繼承父業經商,繼續資助際亮讀書。際亮始讀桐城派詩文并好之。

嘉慶十七年壬申(1812 年)　十四歲

業師何桐枏爲授論詩宗旨。

嘉慶十八年癸酉(1813 年)　十五歲

始學爲詩。

嘉慶十九年甲戌(1814 年)　十六歲

應童子試,取入邵武府建寧縣學生員第二名。在邵武結識張紳,遂成至交。是年,娶妻朱氏,婚月作《童言》一卷。

嘉慶二十年乙亥(1815 年)　十七歲

春,訪熊際遇先生於城南徐氏花墅,以詩就正於熊際遇,熊氏爲之題詞。二月二十三日,作《清明前四日作》。四月,科試邵武。鄉賢李祥賡見際亮所作,異其才,期許甚。是歲秋,際亮寫信給鰲峰書院山長陳壽祺。秋歸建寧,歲暮抱病。是歲,讀書趙氏祠之扎莊,得李祥賡之褒贊。

嘉慶二十一年丙子(1816年)　十八歲

四月,科試不售。五月,隨姊婿鄢必魁赴福州,途經泰寧、過廢關、泊舟延平至福州,居沙合橋姊婿寓。七月,移居福州郎官巷天後祠前黄氏宅。八月,鄉試報罷,取道泰寧歸,謁李祥廣於梅岩。是歲,詩集《鹽壘集》付梓。

嘉慶二十二年丁丑(1817年)　十九歲

初春,送伯兄來儀赴河北任丘經商。同李良銑居建寧黄州雙桂園讀書。四月,送子侄往仕桐廬。八月,感慨作《秋柳賦》。秋,歲試邵武,取一等增生,食餼。在邵武與光澤何長詔訂交。九月,居邵武。抵福州,謁陳壽祺先生於鰲峰書院,先生器重之。是歲,自删訂自乙亥至丁丑詩編爲卷一,計七十首。

嘉慶二十三年戊寅(1818年)　二十歲

二月四日,子誦芬生。以歲試一等,受業福州鰲峰書院,從陳壽祺游,與劉家謀、賴其瑛、鄭天爵、許廣暐同門。夏秋間,與蔣蘅訂交,并同丁汝恭登鄰霄臺晚眺閩江。秋,張紳自邵武來福州,際亮接之。秋冬,游浙、吳、皖、贛。由閩中舟行,至仙霞關入浙,舟發清湖,經江山、蘭溪,沿錢塘江,過桐廬嚴子陵釣臺,渡錢塘江達杭州。夜渡太湖,赴蘇州,游金山、焦山、燕子磯登形勝,自京口溯江西上,夜泊皖城(今安徽潛山),望廬山、登江州城樓,歲暮抵潯陽,過鄱陽湖,泊吳城,登滕王閣,自撫州道上歸。十月,由吳門趨金陵,作《望江賦》。是歲,自編詩集卷二,計六十三首。

嘉慶二十四年己卯(1819年)　二十一歲

初春,讀書溪莊。寒食節前與高澍然、熊際遇、李良銑、張紳等登六虛亭。三月,赴邵武見高澍然。夏秋間,從熊際遇先生居二如園。七月末,與上官曦和何長詔相見於福州。秋,以鄉試在

福州,陳庚煥常訪之寓廬。朱耕亭七十,際亮作詩贈之。八月十
六日夜,與張紳登烏石山鄰霄臺。十月,將歸,謝金鑾授其舊作
數十首屬際亮點定。十月九日,際亮由福州出發,由延平、建州
入浙江。十一月,抵臺州未上天臺山,歸次永嘉,由溫州返,取道
江西。十二月,由江西廣信、新城入閩。過光澤,上官曦、高澍然
等爲際亮餞行。十二月十五日,至天台山麓,思念老母而返。是
歲,自編詩集卷三。

嘉慶二十五年庚辰(1820年) 二十二歲

村居讀書,作《田家雜詩》。花朝前夕,際亮飲朱未涯宅,初
識楊覺卿。爲李祥賡詩集作《李古山先生蛙鳴集序》、張紳詩集
作《張怡亭詩序》、朱亨韶詩集作跋。鄭兼才試歸建寧,將返臺檄
修《臺灣郡志》,賦詩送別。八月十日,與李式賢、朱蘭萼往松谷
尋善相人謝某,未得。九月,黃肇元書至,聞謝金鑾卒,以詩《哭
福州謝退谷先生》哭悼。十一月,歲試邵武。十二月十八日,接
蔣蕙書,作《拙齋孝廉歸自都門惠書親切詩以報之》。

道光元年辛巳(1821年) 二十三歲

正月,李實敷卒,二月一日作《祭李實敷文》以悼之。二月,
何青芝卒,際亮有感作詩。春夏間,村居。八月,赴福州鄉試,落
第。八月十三日夜,對月有感作《八月十三夜對月》。八月廿三
日,宿白沙驛。試歸,復詩朱贊夫。作《當年》《蓬山》《山居》等發
不平之氣。暮冬,訪光澤高澍然。是歲,自編詩集卷四。

道光二年壬午(1822年) 二十四歲

二月,送張紳之光澤。三月居松谷,作《惜逝》《松谷日暮慨
然作歌》。四月十七日,仿效友人李實敷,作《自題日記冊子》以
自勉。五月初七,與上官曦、高澍然、張紳游烏君山,宿飛泉岩。
六月,抵福州。八月十六日,鄉試出闈,探望臥病之何長詔;二十

五日,同上官寅齋等游鼓山,作《大頂峰望海歌》《靈源洞》《臨滄亭》,對海防空疏表示憂慮。鄉試不售,九月,啟程歸,諸友于洪山橋送別。十月,應鄉試報罷,初歸齋,見舊種建蘭開花有感,作《庭蘭賦》。至家後,聞八月何長詔病歸途中卒于舟中,心痛累日,雪涕爲哀辭悼之。是歲,自編詩集卷五,并依舊刻本删去多首詩。

道光三年癸未(1823 年)　二十五歲

首春始雪,深尺有餘,農人交慶,爲作《春雪賦》。春,以巡撫舉人才,再至鰲峰書院受業。姚瑩至福州,際亮以詩謁之,遂定交。六月廿九日,自福州經江西赴浙江,途中所經之地水災甚劇,有感作詩。秋,歸。過光澤,爲何長詔删定詩稿。鄉人自福州歸,言姚瑩方渡臺灣,悵然有感而作《寄懷姚石甫瑩明府》。十月七日,自題讀書齋壁以時省覽。是歲,自編詩集卷六。

道光四年甲申(1824 年)　二十六歲

正月,歲試邵武,福建督學沈維鐈取爲拔貢第一,仍返鰲峰書院受業。三月三日,與人約游松風堂,以雨不果,積雨乍晴,有感作《池萍賦》。三月晦日,作《呈陳恭甫夫子》五首。六月二十四日,參加由黃爵滋等招集的凈業湖觀荷。七月下旬,收到姚瑩《答張亨甫書》。九月,于福州作《秋色賦》。十月,自編嘉慶乙亥以來詩六百一十首付梓,名《松寥山人詩初集自序》,張紳、高澍然、何長載爲之作序。十一月下旬,因將赴邵武歲試,林國士、劉建庚、劉建韶兄弟及周瑞圖諸君於烏石山文昌閣爲之餞行。十一月廿五日,招何冠英、林國士、劉建庚、劉萃奎、周瑞圖諸君集張氏蒙泉山莊。十二月十五日,離開福州,赴邵武歲試。

道光五年乙酉(1825 年)　二十七歲

二月,由邵武至福州,與繁露、莘夫、文瑾別。自福州歸建寧,吊朱沁軒,作《沁軒朱公墓志銘》。三月,啟程赴京朝考。十九日,過光澤,宿高澍然繡草廬。朝考不售,京師貴人及名士言詩者皆知亨甫,陳用光延寓其家,陳請爲其父《寄子書》作跋,作《書陳約堂太守〈寄子書〉後》。于陳宅結識何紹基。時以斥責權貴得狂名。十月,返福州,與姚瑩游鼓山,林國士、姚瑩侄姚繼光同游。十月十一日,歸里,過將樂,游玉華洞。

道光六年丙戌(1826 年) 二十八歲

二月,伯兄將至河北經商,遂同行北上赴京,取道江西,由吳城出湖口,過襄陽;轉湖北,入河南。三月,在朱仙鎮遇大風。經大梁(今開封),于蘭陽渡河,過白溝河,行河北涿州道,由蘆溝橋入京。夏,際亮朝考罷罷,居都下,客招徐朗顧曲。夏,初識鄭開禧。秋,始識宋湘,并受到宋湘的高度評價。中秋,與丁汝恭飲于楊慶琛寓廬。九月四日,因窮愁不得志,屢有思歸之吟,作《思歸吟》。是日,應鄭開禧之邀,同吳嵩梁、郭尚先、許邦光、曾承基、何式玉集飲鄭開禧寓齋。十月廿二日,作《後思歸吟》。十一月十五夜,于陳用光宅與陸言相識。是月,初識黃爵滋,作《黃樹齋爵滋太史思樹芳蘭圖》。十二月廿四日,懷想武威潘挹奎先生贈其《閩海奇人歌》,感事言情,讀之欲涕,久未作答,于心闕然。

道光七年丁亥(1827 年) 二十九歲

元日,與姚瑩、鹿澤長、牟一樵集飲。正月初六,應邀飲于陸言寓廬,對陸言所論福建泉、漳械鬥之風實因官兵索閧擄掠相激而成表示贊同,作《感賦》二首。二月初一,與陳延恩、陳孚恩于陶然亭看雪。三月,姚瑩母喪,與瑩陪賓客祭吊之禮,初遇金粟。四月三日,應丁履恒之邀,同汪喜孫、徐松、陳鴻墀、徐寶善、周仲墀、許乃谷集飲龍爪槐院,若士屬爲詩漫作。歸,同丁履恒、汪喜孫、周仲墀游龍泉寺。四月九日,赴古易京省伯兄,過趙北口,以陳用光屬題《八賢剩墨》,作《趙北口柳》。五月,因伯兄病,自任丘至莫州,送伯兄歸里。經蘇州,作《與徐廉峰太史書》。五月二十七日,抵蘇州。六月,由京師歸里,至縣城探望謝鵬飛。八月十日,復北行。八月十五中秋夜,和如登秀才飲于其家。中秋後,由光澤出發,經江西,過浙江抵達江蘇揚州。途中作《臨安懷古》《蘇州作》《常州舟中》等詩。十月初六日,與黃十瀛、龔潤森、陳孚恩、吳嘉言集飲于黃爵滋寓廬。十一日,應何長敦之邀赴博野。二十九日,李彥彬招飲寓廬,見宋湘遺畫,慨然有作。十一月十六日,以伯兄病危,出都歸里。十二月初一至高郵,次日達瓜步,游金山,見宋湘甲申春題壁詩作,感慨有作。十二月七日抵杭州,九日游天竺、靈隱、净慈,遇雨而返。

道光八年戊子(1828 年)　三十歲

正月,啟程赴京,與何長聚同行,途中偶遇朱方增。正月十五夜,自江西玉山至浙江常山。二十三日晡,抵錢塘江口,同何長聚登六和塔,宿净慈寺,次日何長聚入天竺,際亮入虎跑寺。二十五日,同游塘西。三十日,由丹徒浦口泝江入瓜步,夕泊茱萸灣,瞻謁聖祖皇帝。月底抵京,寓大隱禪寺。三月十五夜,集飲櫻桃斜街寓廬。三月二十日,黃爵滋、龔潤森招同邢峰、周仲墀、鄭開禧、陳孚恩、程恭壽于三官堂看海棠。夏,聞朝廷爲平定張格爾叛亂諸將士紀功慶賀有感,作《重定回疆紀功詩》。六月二十四日,同黃爵滋、蘇孟旸、潘曾瑩、潘曾綬等什刹海觀荷花。七月十日,於宣武門外上斜街中州鄉祠同蔣湘南、陳方海、吳嘉賓及朝鮮使臣僚屬金芝叟、白仲紀觴飲。七月十五,朝鮮友人李石隱主簿爲其作朝鮮之歌,因以贈之,并視金芝叟。八月,朝鮮友人將歸,作詩送之。八月三十日,何長聚將南歸,作《送煥奎比部南歸》二首。九月二十八日,走筆賦詩,作《黃山老布衣歌》。

十月,作《目成賦》。十月十一日,因何禮門之招赴博野。十二月八日,作《金臺殘淚記》自序。是歲,自編乙酉至戊子詩計五十八首爲《婁光堂稿》,後因名不雅,自易爲《松廖山人詩二錄》。

道光九年己丑(1829 年) 三十一歲

正月晦日,收到朝鮮金芝叟書,作《得芝叟書》。初春,居何禮門博野衙署。二月,入都之前,與何禮門哲嗣何亦邢步月城隅,感數月相禮之情,致相勉之意。二十六日,離博野。二月二十九日,由保定抵都門,游宏恩寺。清明日,移居蓮花寺。三月二十八日,參加由徐寶善、黃爵滋在江亭(即陶然亭)召集的江亭餞春,參加者有湯鵬、潘德輿、郭儀霄等二十八人。三月二十九日,同潘曾瑩、潘曾綬、宋翔鳳、吳嘉洤餞春石舫。四月,因四兄赴任丘料理伯兄所遺商事,乃赴任丘。五月四日夜,送四兄自莫州南歸。五日早,返都門,夜雨宿于固安。五月初五,獨游尺五莊。夏至後五日,潘世恩閱其詩并大加讚賞,感而作《奉潘芝軒相國》四首。六月初六洗象日,應黃爵滋之招,同蔣立鏞、陳廷恩小集。六月十六日,參加由黃爵滋招集,鄭雲麓、杜煦、簡均培、郭儀霄、馬湘帆等參加的先月樓賞花,爲歐陽文忠、黃文節兩先生做生日。六月二十四日,應黃爵滋、錘昌之邀陪潘世恩觀荷花。六月廿八日夜,周夢岩招郭儀霄、黃樹齋等爲其餞行。七月四日,出都南歸,郭儀霄、黃樹齋、湯鵬等相送。八月七日,舟發清河,八日至揚州,九日抵常州。十四日夜,舟發錢塘江,次日過富陽入七里瀨。八月二十四日,夜宿泰寧郭外,次日飲吳源山家,謁李太白墓。八月下旬,抵家。冬,赴福州,分纂《福建通志》。林則徐于福州西湖修建李綱祠,際亮于其"落成之日,曾賦詩紀事"。

道光十年庚寅（1830年） 三十二歲

正月中旬，由福州歸建寧。二月，往南豐送四兄往河北。二月廿八日，謁業師何桐侶。三月初一，返福州志局。四月八日，同張紳、饒嘯漁冒雨游西禪寺，遂至西湖開花寺。七月二十五日，校讀謝金鑾遺詩。夏秋之間，因同事忌，辭去《福建通志》纂職。八月二十四日，北上遠行。九月初七，爲陸我嵩題圖，示己去志。十一月登舟，溯閩江而上。十二月二日，抵光澤，宿上官曦鑄冶廬。欲北行，林鼎卿、林厚庵、何長聚于上官曦宅爲其踐行。除夕，在南昌郭外四十里的新積泊舟，倍覺感傷而作《除夕》。

道光十一年辛卯（1831年） 三十三歲

正月初一，自南昌出發北上，初四至吳城，初九泊彭澤，十一日至安慶，十七日至桐城，與馬瑞辰、朱雅、江開等宴集。二月二十四日，自桐城北行，光聰誠、方東樹等爲其餞行，適姚瑩赴京補官，二人同日就道，至舒城而別。三月十九日，際亮至開封，拜謁時任河南布政使的林則徐。四月二日，于保定遇何禮門，應其請論其女之生平，作《何孺人傳》。四月上旬，由保定、涿州過蘆溝橋抵京，居于湯鵬寓廬。八月一日，姚瑩因水患奉旨前往江蘇，際亮送之至黃村。秋，應順天秋試不售，徐寶善以詩見慰。博野知縣何禮門使人來迎，謝不往。十月六日，際亮入山居大悲寺讀書。十一月八日，際亮作書寄桐城諸君子。十一月十日，鄭開禧將赴任廣東督糧道，際亮入城送之，作《送雲麓觀察督糧粵東》。十五日，返山，仍歸大悲寺。十二月，作《答姚石甫明府書》，暢論爲詩之道。

道光十二年壬辰（1832年） 三十四歲

年初，仍在山中讀書，著有《李衛公論》《姚崇論》《山中雪記》

等文。二月二十五日，離開翠微山。二月二十九日，移居蓮花寺。五月二十九日，參加由黃爵滋和徐寶善召集，馬湘帆、蘇賓嵋等二十人參加的江亭消夏活動。七月初四夜，與劉良駒、黃爵滋、馬沅等小集，酒後登陶然亭觀星象。龔維琳赴任河南主考，際亮作《送龔春溪（維琳）編修典試河南》二首。閏九月初六，出都。十月，抵蘇州，作《與徐廉峰太史書》，與其討論詩歌。十月十九日，從常州出發，夜宿郭外，寄身在武進的姚瑩寓所。十月二十九日，舟發錢塘，次日過富陽，於十一月一日過桐廬入七里灘，夜泊釣臺，次日至嚴州。十一月，至建寧，先到蕭家灣訪其姊。十一月十六日，到家。是歲，際亮編詩卷十五，計百三十四首，同時將己丑至壬辰詩作自編爲四卷，名《谷海前編》。

道光十三年癸巳（1833 年）　三十五歲

二月十九日，因河南學政周作楫聘左任，遂自里門啟程赴開封。四月，隨周作楫按試許州，代周作《改建許州書院記（代）》。返署未久，以謀求入貲，遂辭去，周作楫、姚椿、郭儀霄均賦詩贈別。六月，于河南上蔡西平間，車翻入水，書畫盡污損，甚爲懊惜。七月，自大梁之粵東，與李彥章謁史可法墓。八月，過蘇州，謁林則徐，林資之游粵。十月底，抵廣州，拜謁兩廣總督盧坤，并代林則徐呈石齋先生文集等件。到日，際亮即留鄭開禧寓署。十二月十五日，將其今秋自大梁到嶺南期間所作的詩歌編成詩集《南來詩錄》，并作《南來詩錄自序》。十二月，啟程北返，臨行前，有詩奉別盧坤，表明心迹。

道光十四年甲午（1834 年）　三十六歲

正月初一，到韶州，登郡治整冠亭。初八，抵南雄，爲鴉片走私而心憂，向兩廣總督盧坤上《上盧厚山宮保書》。七月一日，別新城入閩，初五至光澤，小住何長聚家，初七日登舟赴福州鄉試，十四夜抵南臺。九月三日，應何冠英之邀，同劉建庚、林觀成、林國士、葉修昌、鄭天爵等人，燕集道山文昌閣。九月六日，鄉試揭曉，仍不售。九月十七日，啟程歸。十月五日，抵家。冬至，以族事繞道浮梁，留從兄宅五日。過蕪湖，與楊慶琛相遇。十二月二十八日，登燕子磯。除夕，泊真州待姚瑩。是歲，自編詩集卷十九，編癸巳原自定爲四卷，易名《豫粵游草》。

道光十五年乙未（1835 年）　三十七歲

正月初一，于真州別姚瑩。二日，登金山。至金沙，訪龔潤森，留宿署中，爲龔潤森題《清笳畫角看荊州圖》。十五日，抵蘇州，見林則徐。五、六月間，游汀州、龍岩、永安。閏六月抵福州，因謝金鑾之子孝知兄弟之招飲，初識林樹梅。閏六月十五日夜，與翁時穉等集飲臺江酒樓。閏六月二十四日，與劉存仁、林樹梅、翁時穉、謝金鑾之子孝知、孝至兄弟等諸友集于福州西湖宛在堂。六月下旬，爲楊維屏屬題《燕臺鴻爪集》。七月初一，爲所輯《建寧耆舊詩鈔》作序。八月十五日，鄉試中式爲舉人。十月初五，謁其師陳壽祺墓。初十日，葉修昌招劉建庚、林國士、葉景昌、翁時墀等同集爲際亮餞別。十月十三日，別福州諸友歸里，抵家作《答黃樹齋鴻臚書》，揭露官吏之貪墨。十二月一日，北行赴京。除夕，于杭州舟中。

道光十六年丙申（1836 年）　三十八歲

正月，赴京途中經揚州訪姚瑩，時姚瑩權揚州鹽運使，以公事往江寧，因赴謁不遇，便小住署中。二月十二日，入闈。二月二十六日，參加黃爵滋等召集的江亭小集。四月四日，參加由黃爵滋、徐寶善等人發起的江亭展禊，參加者有梅曾亮、郭儀霄等四十二人。四月九日，揭曉報罷，欲南歸。出都前，朝鮮使臣慕名來訪。六月，到蘇州訪吳雲，吳招飲觀戲劇。遵照林則徐之囑,爲其父林賓日題《飼鶴圖》。七月七日,張寅招同人集飲娱園,結識張維屏,爲其題《黄梅拯溺圖》。八月,抵家,了非上人自寶蓋岩來訪,賦詩送其歸。是歲,自編乙未、丙申二年詩爲《惜山樓詩録》。

道光十七年丁酉(1837 年) 三十九歲

三月,赴江西,聞姚瑩權兩淮鹽運史,遣僕問候,并以沈周畫卷寄贈姚瑩。四月二十六日,渡章江往匡廬。五月,啟程赴京,過南城,游麻姑山。七月,抵南昌,與鹿澤長重逢。八月十五日,作《寄少穆先生武昌》,表達希望入林則徐幕府之意。八月二十五日,過里心,訪黄汝梅。九月十六日夜,宿建昌。十月十五日,于江陰謁李兆洛。二十日,到揚州,與姚瑩、魏源重聚,又與梅植之、吳熙載相識。十一月二日,于寶應舟中作《譚藝圖爲石甫廉訪題即送之官臺灣》。十六日,抵歷城,作《感夢》懷念李彦章、鄭開禧。十二月廿六日夜,與黄爵滋、湯鵬、胡典齋、江鴻升燕集,作《雪夜放歌》。二十八日,飲黄爵滋宅,徐寶善遣僕以白金相饋。是年,將游廬山之作編爲《匡廬游草》。

道光十八年戊戌(1838 年) 四十歲

正月初七,同湯鵬、葉紹本、黄爵滋、孔繼鑅、溫訓等集飲酬唱。二十日,受葉紹本之邀,同黄爵滋、湯鵬、溫訓、孔繼鑅、葉潤臣、葉昆臣等集寓齋。三月,與潘德輿、姚燮、孔繼鑅、魯一同、湯鵬等創立詩社,每旬三四集。三月,與潘德輿、姚燮、孔繼鑅、魯一同、江開、沈筆熙、吳昆田等飲于城南酒肆餕春。四月,同潘德輿、姚燮、湯鵬、魯一同、吳昆田、孔繼鑅等游尺五山莊。閏四月十日,黄爵滋上《請嚴塞漏卮以培國本疏》,際亮參與起草。五月十四日,由北京適漢口晤林則徐,十五日移住督署。八月十二日,自武昌往郢襄。十月初二日,自襄陽至安陸。十月二十九

日,發安陸。十一月四日,到嶽口,初六日至漢口。于漢口逢鹿
澤長赴任潼商兵備道,以詩送行。十一月廿五日,自漢口登舟東
下。十二月初二,至黃州,因病折回漢口就醫。除夕,于鄱陽湖
舟中。

道光十九年己亥(1839年)　四十一歲

正月初七,泊吳城,由吳城經南昌、臨川入閩。至光澤,爲何
長聚題近詩。二月初到家。六月十五日,居外村別業。秋赴福
州。七月,曾遣人渡海問候姚瑩。八月十五日,同劉家謀訪明代
鄭善夫所築的于山遲清亭故址。八月三十日,劉齊銜招同際亮、
葉卓人、林伯卿等泛舟小西湖集飲宛在堂。九月,與何紹基、蔡
玉山游鼓山。後,渡烏龍江南下,經莆田、泉州到漳州,因潮微舟
不得發,遂由舊道歸。十月十日,作《祭葉旬卿文》,悼念葉修昌。
十一月十五日,啟程歸里,舟發洪山橋。十二月初,抵里。

道光二十年庚子(1840年)　四十二歲

正月初一,出發赴京會試,取道江西。初六日,至南昌,在徐
寶善家聞潘德輿之訃。初七日,遇鑒泉于南昌,鑒泉饋之以食物
四色、白金二兩。三月二十九,應孔憲彝之邀,和秦緗業、梅曾
亮、朱琦、姚燮等人游花之寺,宴集尺五莊。四月十日,會試報
罷,偕友人于崇效寺觀牡丹,數日後,携姬人往觀則花半謝,遂至
陶然亭。五月,鴉片戰爭爆發。九月,林則徐、鄧廷楨被革職,聞
訊悲憤。接姚瑩書,聘主臺灣海東書院。是年,自編詩,定名《谷
海二編》。

道光二十一年辛丑(1841年)　四十三歲

二月,過武夷。月杪,過邵武大埠,友人留寓西園。三月,應
姚瑩之邀,欲赴臺灣。三月十五日,在厦辦團練的林樹梅邀際亮
同游白鹿洞,際亮有感而作,爲樹梅《白鹿洞圖》題詩。五月,畏

風濤渡海未果,離開廈門,往好友鹿澤長處,至寧波失守,望視姚瑩家。五月初,抵福州。六月初五,與劉家謀諸友過積翠寺啖荔。初十,劉家謀兄弟招游烏石山。廿四日,作《鰲峰載筆圖跋》。夏,召林昌彝等集于道山江城如畫樓,贈詩昌彝儿子慶荃。七月初十,英軍入犯廈門,金門總兵江繼芸陣亡。際亮心念林樹梅,十九日在鐵嶺與林樹梅會面,爲林樹梅作《題瘦雲畫扇》。七月廿三日,離福州,由閩東入浙,經福鼎,游太姥山。八月二十六日,鎮海失守。二十九日,寧波失守,至奉化後不得再北赴寧波,遂西行至嵊縣,再折南,經東陽、金華返,期間,創作了《定海哀》《鎮海哀》等大量反映戰爭的詩歌。困頓交迫,狼狽返家。十一月,之江西,經南豐,臥病經旬。至南昌,葉名灃兄弟資助其解困。

道光二十二年壬寅(1842年) 四十四歲

新正貧不自聊,欲投山東布政使楊慶琛。四月,入贛,經南昌轉皖南,游黃山。聞林則徐發配伊犁,作《兩君岩前明戚少保題名口號寄少穆先生塞外》。四月初九日,乍浦失守。五月八日,吳淞口失守,作《遷延》。以鎮江失守,感傷時事,七月二十二日作《雜感》廿四首。八月,獲悉《江寧條約》簽訂,作《鄱陽至建德道中作》七首抒憤。八月中旬,自建德抵安慶,復由安慶登舟往桐城。九月,經六安、霍邱、潁上、扶溝至開封。欲投山東布政使楊慶琛,抵濟南,以楊已內召,轉訪德州知府周瑞圖。十二月,到蘇州,爲練廷璜題陳化成畫像,作《陳忠愍公死事詩》。歲暮,由杭州、衢州、玉山、南豐歸。

道光二十三年癸卯(1843年) 四十五歲

春,患瘧疾在家。至夏始稍愈,復出行。七月,姚瑩遭誣陷,因“冒功”獲罪。七月九日,姚瑩解京過淮上,際亮陪同姚瑩上京都，途中勞頓，病復發。閏七月到京。八月十五日，姚瑩因"冒功"罪入獄。八月二十五日，姚瑩出獄。而際亮病已深，從姚瑩寓炸子橋松筠庵。九月，病中爲姚瑩《後湘續集》作序。十月初九，因病卒於京師松筠庵。靈柩運回建寧後，次年五月安葬於建寧縣藍田保坪上。

附録五　李雲誥傳

　　李雲誥，字鳳儀，一作鴻儀，自號華山，恩貢生，福建建寧人。少夢至華山石室，有老人謂曰："子居此千餘年矣，子前身此山主，終當返也"，醒遂自號"太華山人"。好學，抱負不凡，未冠，嗜吟咏，學詩於張亨甫，爲門下高弟，所爲詩蕭疏淡遠，神似王、孟。嘗肄業福州鰲峰書院。屢試爲諸生冠，一時士大夫多與之游。高澍然、劉家謀諸前輩皆稱之，詩名遂繼際亮而起。雲誥博覽群籍，性雄豪，有膽略，喜談兵。咸豐六年，匪距南豐，危建寧。雲誥同里人董獻材興辦團練，率鄉兵守溢嚴密，寇不得入。事平，敘職訓導。同族數十口因亂失所，雲誥爲謀，使各安生業。晚年交益廣，足迹所至，多目爲大儒。居家，性孝友，重倫常。其師際亮毀，子誦芬依姚瑩于蜀。誦芬歸里後亦歿，季子昌翰九歲陷寇中，十六歲拔歸，家無立錐地。雲誥念際亮五孫僅遺昌翰，聞瑩子官江西安福令，致書述其苦狀。遂召昌翰往，贈貨甚厚。昌翰歸，雲誥令修學業，遂入邑庠，娶室生子。雲誥於詩文外，兼精於易，通河洛數。咸豐寇變，雲誥爲聯董勝敗先卜之易，所言多奇中。其歿之先數月，與友朋語，自知某日某時死。至期果病，自整衣冠而逝。著有《太華山人剩稿》八卷，《續稿》二卷，續訂《建寧耆舊詩鈔》十四卷。

　　【注】據《福建通志》《邵武府志》《建寧縣志》等撰寫。

參考書目

[清]朱仕玠編:《瀟溪四家詩鈔》,乾隆丙子(1756)寫刻本,福建師範大學圖書館藏本。

[清]張紳:《怡亭詩文集》,道光癸巳(1833)留香書室刊,福建師範大學圖書館藏本。

[清]張際亮編、李雲誥續訂:《建寧耆舊詩鈔》六卷本(殘本),同治癸亥(1863)刊,福建省圖書館藏本。

[清]張際亮:《張亨甫全集》三十四卷,同治丁卯(1867)建寧孔氏校刊,福建師範大學圖書館藏本。

[清]李雲誥編纂:《張亨甫先生年譜》,同治丁卯(1867)刊刻,福建師範大學圖書館藏本。

[清]丁紹儀:《聽秋聲館詞話》,同治己巳(1869)刊,福建省圖書館藏本。

[清]王琛等修,張景祁等纂:《邵武府志》,成文出版社,1967年版,據光緒二十六年刊本影印。

[清]吳海清修,張書簡纂:《建寧縣志》,成文出版社,1970年版,據民國八年鉛印本影印。

錢仲聯編纂:《清詩紀事·道光朝卷》,江蘇古籍出版社,1987年版。

(日)松村昂:《清詩總集 131 種解題》,日本中國文藝研究會印行(日文版),1989 年。

建寧縣地方志編纂委員會:《建寧縣志》,新華出版社,1995年。

(美)謝正光、佘汝豐編:《清初人選清初詩匯考》,南京大學出版社,1998年。

陳慶元:《福建文學發展史》,福建教育出版社,1996年。

(日)松村昂:《清詩總集敘錄》,日本汲古書院,2010年。

福建文史研究館編:《全閩詩錄》,福建人民出版社,2011年。

鄭寶謙編:《福建省舊方志綜錄》,福建人民出版社,2012年。

(民國)沈瑜慶、陳衍等纂,福建省地方志編纂委員会整理《福建通志》,方志出版社,2016年。

點校後記

　　幾年前,開始做張際亮研究的時候,我就注意到張際亮原輯、李雲誥續纂、刊刻于同治二年(1863 年)的地域性詩歌總集《建寧耆舊詩鈔》。該詩集是建寧文學史上的一部詩歌總集,保存了大量的建寧地方詩歌文獻、建寧詩人傳記材料,爲研究建寧文人的詩歌成就提供了寶貴的文獻資料,對研究建寧地方文學尤其是明嘉靖以後的詩歌具有重要的意義,因此我暗暗下定決心要將其整理、點校出版。

　　經過一年多的努力,《建寧耆舊詩鈔》的整理、點校工作順利完成了。這次整理的詩集,以福建師範大學圖書館所藏的《建寧耆舊詩鈔》爲底本,以《瀍溪四家詩鈔》、《綏安二布衣詩》、《邵武府志》、《建寧縣志》、福建省圖書館藏《建寧耆舊詩鈔》等參校之,并補充了相關知識。《建寧耆舊詩鈔》使得衆多名不見經傳的建寧詩人及其詩作賴以保存并流傳下來,展示了建寧自明嘉靖以來的詩歌發展的基本脈絡,對於區域文學的傳承和研究的意義不可小覷。鄭振鐸先生曾言:“近從事‘文學考’之纂輯,乃知地方詩文集之重要。”誠然,在大多數詩人沒有文集傳世的情況下,地域性詩歌總集無疑是一座巨大的文獻寶庫。這些地域性詩歌總集,會與其他類的總集、別集一樣,不斷推進當今古代文學的研究向縱深拓展。

　　在本書整理和點校過程中,福建省圖書館劉繁博士、福建師範大學圖書館趙輝老師、福建警察學院張宇副教授給予了大力支持和幫助,在此表示衷心的感謝。同時,感謝建寧縣委宣傳部、建寧縣社科聯、福建省社科研究基地"地方文献整理研究中心"對本書出版的資助。此外,還要感謝廈門大學出版社的編輯韓軻軻老師的悉心指導和大力幫助。

因整理者學力所限,本書整理與點校或有疏误之處,請專家和廣大讀者批評指正。

趙雅麗

二〇二三年二月二日